DIESES BUCH GEHÖRT:

Die drei ???

Die drei ???
Der Tag der Toten

erzählt von Marco Sonnleitner

KOSMOS

Umschlagillustration von Silvia Christoph, Berlin
Umschlaggestaltung von der Peter Schmidt Group, Hamburg,
auf der Grundlage der Gestaltung von Aiga Rasch (9. Juli 1941–24. Dezember 2009)

Unser gesamtes lieferbares Programm und viele
weitere Informationen zu unseren Büchern, Spielen,
Experimentierkästen, Aktivitäten, Autorinnen und
Autoren findest du unter **kosmos.de**

FSC www.fsc.org MIX Papier | Fördert gute Waldnutzung FSC® C083411

Gedruckt auf Cradle to Cradle Certified™ Munken Papier

ISBN 978-3-440-17739-6
Redaktion: Anne Pagel
Lektorat: Nina Schiefelbein
Produktion und Satz: DOPPELPUNKT, Stuttgart
Druck und Bindung: CPI books GmbH, Leck
Printed in Germany / Imprimé en Allemagne

Die drei ???

Der Tag der Toten

Frankensteins Monster

Die ersten Flammen züngelten an der alten Mühle empor. Gierig verschlang das Feuer das trockene Holz und kroch wie ein lebendiges Wesen an den Wänden hinauf. Funken stoben in die mondlose Nacht, während die Leute vor der Mühle ihre flackernden Fackeln in den schwarzen Himmel reckten und boshaft johlten. Die Zeit der Rache war gekommen.

Da drang ein Schrei aus der alten Mühle. Ein tiefes, lang gezogenes Wehklagen, nicht menschlich und auch nicht von einem Tier. Das in die Falle getriebene Wesen schrie sich seine Verzweiflung aus dem zusammengeflickten Leib, wusste keinen Ausweg mehr, sah sein Ende kommen.

Die Männer vor der Mühle jubelten noch lauter, noch unbarmherziger. Keiner von ihnen verspürte auch nur einen Hauch von Mitleid mit dem Monster. Sie wollten es brennen sehen. In dieser Nacht würde die Kreatur ihren Tod finden.

Ein lautes Krachen ließ die Mühle erbeben und ein Schauer glühender Funken regnete auf die Männer herab. Im nächsten

Augenblick schrie das geschundene Wesen noch lauter, noch herzzerreißender.

»Die Decke!«, rief einer der Männer. »Seht ihr das? Die Decke ist eingestürzt und hat das Monster unter sich begraben! Ha, jetzt haben wir es! Da kommt es nicht mehr raus!«

Freudenschreie gellten durch die Nacht, drangen in die nun lichterloh brennende Mühle und umkreisten das sterbende Monster mit höhnischem Gelächter. Eingeklemmt unter einem schweren Balken starrte es in die lodernden Flammen und wartete auf seinen Tod.

Peter Shaw konnte nicht mehr hinsehen. Er schaute links an der kleinen Leinwand vorbei und konzentrierte sich auf eines der Grabkreuze im Hintergrund. Aber das Flackern auf der Leinwand warf seine zuckenden Schatten auch über den alten Friedhof, und das Knistern der Flammen bohrte sich in Peters Gehörgänge. Schrecklich, was sie diesem Wesen antaten, einfach nur schrecklich.

Endlich drückte Cassy auf die Fernbedienung und das Bild auf der Leinwand erlosch. »So, das war die Szene aus dem Film, die ich euch zeigen wollte, Leute. Hat jemand Fragen?«

Verhaltener Applaus plätscherte über die kleine Gedenkstelle in der Mitte des Friedhofs. Dann herrschte Stille. Nur der rostige Wetterhahn auf der Kapelle quietschte hin und wieder, wenn eine leichte Brise vom Meer hier heraufwehte. Irgendwo schuhuhte ein Kauz. Lindsay, die neben Peter auf der kalten Steinbank saß, scharrte mit ihrer Fußspitze betroffen im Kies.

»Keine Fragen?« Mr Griffin trat in die Mitte des kleinen Platzes und drehte das Licht der Gaslaterne etwas heller. »Die Szene hast du sehr gut ausgewählt, Cassy, sehr eindrucksvoll. Vielen Dank. Der Roman *Frankenstein* von Mary Shelley gehört zweifellos zu den bedeutendsten Werken der sogenannten Schauerliteratur. Damit werden wir uns in diesem Kurs noch näher befassen.«

Frankenstein! Peter schüttelte innerlich den Kopf. Als er sich am Anfang des Schuljahres für den Wahlpflichtkurs *Die schwarze Romantik* entschieden hatte, hatte er irgendetwas mit Sonnenuntergängen, Kerzenschein und Mond erwartet. Romantik eben, nur nicht am Tag, sondern in lauschiger Nacht. Stattdessen ging es um Horrorgeschichten! Und dann schleppte Griffin sie ›zur Einstimmung‹ auch noch gleich auf diesen gruseligen Friedhof, und ein paar Übereifrige durften ›in der stimmungsvollen Atmosphäre ihre ersten Ideen zu diesem spannenden Thema‹ präsentieren. Selbst als sich alle im Halbkreis auf die eiskalten Steinblöcke gesetzt und Mr Griffin Laptop, Beamer und Lautsprecher aufgebaut hatte, war Peter noch davon ausgegangen, dass sie gleich schmalzige Gedichte im Schein dieser Laternenfunzel lesen würden. Was schlimm genug gewesen wäre. Aber dann erzählte ihnen erst dieser käsige Dexter Allington was über *Dracula* und warf Bilder auf die Leinwand, die in Blut geradezu ertranken, und danach dieser fürchterliche Ausschnitt aus *Frankenstein*! Super! Bestimmt würde gleich jeder eine Schaufel in die Hand gedrückt bekommen und sie mussten Gräber ausheben. Hätte er sich doch besser in *Ökologischer Obstanbau für Anfänger* eingeschrieben. Oder in *Mit Spinnentieren auf Du und Du.*

Während Griffin irgendetwas über das Unterbewusstsein und menschliche Ur-Ängste erzählte, ließ Peter seinen Blick über den Friedhof schweifen. Viel war in der Dunkelheit nicht zu erkennen. Es gab keine Grabsteine, sondern nur einfache Holzkreuze, die sich wie ein Heer aus winzigen Menschen mit ausgebreiteten Armen in der Nacht verloren. Hier und da ein paar Büsche, zwei kleine Wäldchen, die alte Kapelle, dazwischen sandige Wege, das war's. Und natürlich der kleine Platz in der Mitte des Friedhofs mit dem unscheinbaren Denkmal und den Sitzsteinen, auf denen er sich gerade den Hintern abfror.

Wie hatte Griffin es eigentlich hingekriegt, dass sie hier mitten in der Nacht Horrorfilme ansehen durften? Es gab doch so etwas wie Friedhofsruhe, oder? Bei dem Höllenlärm, den der Film gerade verursacht hatte, hätte es Peter nicht gewundert, wenn der eine oder andere Tote in seinem Grab erwacht wäre.

Peter merkte, wie sich sein Hals verengte. Ja, richtig, hier lagen ja überall tote Menschen unter der Erde. Nur wenige Meter von ihnen entfernt. Und auch wenn er natürlich nicht im Traum daran glaubte, dass so ein Toter aus seinem Grab … Also, dass er … weil sie hier so einen Lärm … Unsinn … Das war einfach nur Unsinn. Peter schüttelte sich und konzentrierte sich wieder auf Mr Griffin.

»… haben diese menschlichen Ur-Ängste insofern eine aktuelle Bedeutung, weil sich auch noch im Unterbewusstsein von uns heutigen Menschen –« Urplötzlich verstummte der Lehrer. Sein Kopf ruckte herum und er lauschte mit angehaltenem Atem in die Nacht. »Hört ihr das?«, flüsterte er.

Peter überlief eine Gänsehaut. Hört ihr *was*? WAS?

»Mr Griffin, das ist nicht lustig«, fiepste Lindsay und zog den Hals ein. Andere Schüler sahen sich befangen um.

»Hört doch mal! Da! Da ist es wieder!«

Und dann hörte Peter es auch: ein tiefes, lang gezogenes Wehklagen, nicht menschlich und auch nicht von einem Tier.

Prayer's Hill

In der nächsten Sekunde brach der leibhaftige Schrecken über die Schüler herein. Aus der Dunkelheit löste sich eine riesenhafte Gestalt, torkelte auf die Gruppe zu und stieß dabei immer wieder diese entsetzlichen Laute aus. Als würden ihr alle Eingeweide zusammengedrückt. Frankensteins Monster! Riesengroß, das Gesicht mit Narben übersät, mit Händen wie Schaufeln, die sich durch die Luft in Richtung der Schüler gruben.

Alle sprangen auf, nur Dexter kippte mit einem erstickten Japsen rückwärts von der Steinbank. Spitze Schreie hallten über den Friedhof. Mr Griffin rief: »Um Gottes willen! Wer sind Sie?« Einige Schüler rannten davon, manche kamen sich dabei in die Quere, stießen aneinander. Dexter rappelte sich auf, lief ein paar Schritte, prallte gegen eines der Kreuze, stieß es um, fiel hin, lief weiter.

Peter stand einfach nur da und starrte. Er konnte sich nicht bewegen. Keinen Millimeter.

»Okay, okay!« Griffin wedelte mit den Armen. »Halt, Leute! Beruhigt euch! Das war ein Gag.« Er ging auf das Untier zu und klopfte ihm auf die Schulter. »Rick, zieh bitte die Maske aus, die erschrecken sich ja zu Tode.«

Peter sah wie in Zeitlupe, dass sich Frankensteins Monster in die eigenen Haare griff, daran zog und dann – sein Gesicht vom Kopf streifte. Darunter kamen ein bärtiges Antlitz und ein breites Grinsen zum Vorschein.

»Seht ihr, Leute.« Mr Griffin winkte mit der Hand, um seine Schüler zurückzuholen. Sein Lächeln wirkte bemüht, seine Bewegungen etwas fahrig. »Alles gut, keine Panik. Das ist Rick Turner, der Friedhofswärter. Ein Mensch aus Fleisch und Blut. Ich wollte euch nur demonstrieren, wie groß unsere uralten Ängste sind.«

»So ein … Idiot«, keuchte Lindsay, die sich an Peters Ärmel festgekrallt hatte. »Ich dachte, das war's jetzt.«

Peter nickte schwach. »Toller ›Gag‹.« Seine Knie zitterten immer noch.

Langsam kamen die Schüler wieder auf den Platz. Auch Dexter, der das kaputte Kreuz in Händen hielt. Er war der Einzige, der Mr Griffin etwas schief anlächelte. Alle anderen hatten nur einen bösen Blick für ihren Lehrer übrig.

»Ihr habt ja recht«, gab sich Griffin zerknirscht. »Das ging ein bisschen nach hinten los. Tut mir leid. Ich dachte, ihr fändet das lustig.«

»Ja, so was von lustig. Ich hätte mich fast totgelacht«, meinte Tiffany trotzig.

»Sorry.« Der Lehrer war ehrlich zerknirscht. »Dann übergebe ich jetzt mal besser an Rick. Er wollte euch ein paar Dinge über den Friedhof hier erzählen.«

Nur zögerlich wandten sich die Schüler dem Friedhofswärter zu. Schließlich hatte auch er seinen Anteil an dem ›Gag‹ gehabt.

»Hallo, Leute.« Rick hob seine behaarte Monsterpranke und lächelte liebenswürdig in die Runde. »Mich bitte nicht killen. Ich bin nur der Bote. Wenn ihr unbedingt jemanden schlachten wollt, dann Sam.« Er klopfte Griffin auf den Rücken, der verlegen grinste. »Ich bin zweiter Vorsitzender im Halloween-Verein hier im Ort. Wir haben jede Menge Kostüme und da dachte euer Mr Griffin, es wäre eine gute Idee … Na ja, lassen wir das. Setzt euch doch wieder.«

Peter mochte Rick Turner auf Anhieb. Mit seinem zerzausten Bart, dem zum Dutt gebundenen grauen Haar und dem zerknitterten Gesicht sah er aus wie ein Pirat. Und er hatte ein sehr einnehmendes Wesen. Der Mann entledigte sich seiner Monsterhände, zog das gepolsterte Oberteil aus und ließ sich ebenfalls auf eine der Steinbänke nieder.

»Also, Mädels und Jungs. Ihr wisst, wo ihr hier seid?«

Cassy streckte sofort die Hand in die Höhe.

Mr Turner lachte. »Nee, nee, die Dame. Handheben ist bei mir nicht, bei mir ist Draufloslabern.«

Verunsichert ließ Cassy den Arm sinken. »Prayer's Hill?«

»So ist es. Ihr seid auf Prayer's Hill.« Turner machte eine bedeutungsvolle Pause, sah den Schülern in die Augen. »Und weiß jemand, warum dieses lauschige Fleckchen Erde so heißt?«

Dexter meldete sich und nahm den Arm sofort wieder runter. »Wegen der Tongvas, das war das indigene Volk in dieser Gegend. Die hatten hier auf dem Hügel einen heiligen Ort oder so. Ihr Medizinmann kam immer zum Beten hierher.«

»Genau. Die Anhöhe, auf der Prayer's Hill liegt und die heute zu dem Ort Lincoln Heights gehört, war früher eine heilige Stätte der Tongvas. Von hier aus nahmen deren Schamanen den Kontakt zu ihren Göttern auf. Und dann kamen die Eroberer aus Europa, und mit ihnen die Eisenbahn, Wolkenkratzer und *McDonald's*, und den Göttern der Tongvas wurde es in dieser Gegend zu trubelig.« Turner lachte, wurde aber sofort wieder ernst. »Spaß beiseite. Ihr kennt die traurigen Geschichten. Die indigenen Völker wurden in Reservate umgesiedelt und das Areal auf dem Hügel wurde irgendwann zu einem Armenfriedhof umfunktioniert, weil sich nie jemand fand, der hier einen Supermarkt hinbauen wollte.«

»Was genau heißt eigentlich ›Armenfriedhof‹?«, wollte Emily wissen.

»Hier werden Leute begraben, deren Angehörige sich kein normales Begräbnis leisten können. Denn vielleicht wisst ihr das, vielleicht auch nicht: So ein Begräbnis mit dem ganzen Drumherum wie Sarg, Blumen, Grabstein, Gebühren, Leichenschmaus und so weiter kann ganz schön ins Geld gehen.«

Lindsay sah sich kopfnickend um. »Deswegen nur die einfachen Holzkreuze.«

Turner nickte. »Deswegen nur die einfachen Holzkreuze. Auf denen – Warte, gib mir das mal!« Er bedeutete Dexter, ihm das kaputte Kreuz rüberzureichen, das der Junge noch immer in seinen Händen hielt. »Auf denen auch keine Namen stehen, wie ihr seht. Nur fünf- oder sechsstellige Nummern.«

»21008«, las Lindsay.

Turner drehte das Brett um hundertachtzig Grad. »Oder 80012. Weil sich irgendein Scherzkeks mal diese besonderen Ziffern für die Kreuze ausgedacht hat, kann man manche Grabnummern auch auf dem Kopf lesen. Oder spiegelverkehrt.« Er seufzte und musterte die Holzlatte mit zusammengekniffenen Augen. »Zu welchem Grab das hier gehört, muss ich daher auch erst wieder herausfinden.«

»Ähm, Mr Turner?« Cassy sah den Mann nicht an, sondern blickte rechts an ihm vorbei.

»Rick reicht völlig. Und gerne ›du‹.«

Cassy streckte den Arm aus. »Dahinten bei der Kapelle. Oder in der Kapelle.«

Rick drehte sich auf seinem Steinblock um. »Was ist da?«

»Da flackert dauernd ein Licht auf. Ist das normal?«

Dunkle Gestalten

Rick drehte sich ganz um. »Ich sehe nichts.«

»Doch, Cassy hat recht«, sagte Emily. »Es sah aus wie das Licht von einer Taschenlampe. Ich hab's auch bemerkt, dachte aber erst, dass ich mich getäuscht hätte.«

»In der Kapelle?« Rick stand auf.

»Ja. Weiß nicht.« Emily zuckte die Achseln. »Oder davor.«

Tiffany schaute zu Mr Griffin. »Das ist doch sicher wieder so ein ›Gag‹, oder? Wir laufen da jetzt alle hin und dann erschreckt uns irgendein blutverschmierter Zombie, oder eine eklige Riesenspinne fällt uns auf den Kopf.«

»Zombies haben eigentlich gar kein Blut mehr in ihren –«

»Ach, Klappe, Dexter!«

Mr Griffin hob die Schultern und sah seinerseits zu dem Friedhofswärter. »Also, ich weiß von nichts. Ehrlich. Du, Rick?«

Der Mann schüttelte wortlos den Kopf. »Nein. Aber vielleicht habt ihr euch doch geirrt. Ich sehe da rein gar nichts, das wie eine Taschenlampe –« Er brach abrupt ab.

Und jetzt bemerkten es auch Peter und die anderen Schüler. Hinter einem der Fenster schwebte ein matter Lichtkreis durch die Kapelle.

»Da stimmt was nicht.« Rick setzte sich in Bewegung. »Sam, kommst du mal mit? Kann nicht schaden.«

»Natürlich.« Mr Griffin erhob sich.

»Peter, Dexter.« Emily blickte zu den einzigen beiden Jungen im Kurs. »Wollt ihr nicht mitgehen? Vielleicht braucht Rick eure Hilfe?«

»Wie ›eure Hilfe‹?« Dexters Augen wuchsen auf Untertassengröße.

Peter stand auf. Sein Magen sagte ihm zwar etwas anderes, aber er wollte sich keine Blöße geben.

Die kleine Kapelle hob sich als klobiger, schwarzer Schatten vor dem nächtlichen Hintergrund ab. Ein niedriges Haus mit länglichen Fenstern und Satteldach und ein etwa doppelt so hoher, viereckiger Turm. Auf dem Dachfirst thronte der Wetterhahn, der bei jedem Windhauch erbärmlich wimmerte, und auf der Kaminabdeckung saß ein gewaltiges Storchennest.

Peter lauschte in die Nacht und ließ seinen Blick über das dunkle Gebäude wandern. Das Licht in der Kapelle war kaum noch zu sehen und bewegte sich auch nicht mehr, aber es war immer noch da. Wahrscheinlich wurde die Taschenlampe nach unten gehalten oder abgeschirmt. Geräusche waren keine zu hören bis auf ein feines Säuseln des Windes und den nervigen Hahn.

Rick drehte sich nach hinten um. »Da ist eindeutig jemand

in der Kapelle«, flüsterte er. »Und der hat da sicher nichts verloren. Schon gar nicht um diese Zeit. Den kauf ich mir.«

»Gibt es da drin irgendwas Wertvolles?«, raunte Griffin. »Alte Heiligenbilder, goldene Kelche oder Schalen? Statuen? Was halt so in Kirchen herumsteht.«

»Die Kapelle wird nicht mehr für kirchliche Zwecke genutzt. Sie ist so was wie mein Wärterhäuschen. Da drin gibt es bis auf mein altes Kofferradio, meine Regenjacke und ein paar Schaufeln rein gar nichts zu holen. Vielleicht sind es Teenager. Mutprobe auf dem Friedhof und so. Und dann wollten sie sich auch mal in der alten –«

Etwas klirrte laut. Zerspringendes Glas. In der Kapelle.

»Jetzt reicht es aber.« Rick lief los. »Hey! Wer ist da? Macht, dass ihr verschwindet, ihr Knallköpfe!«

Das Licht einer Taschenlampe stach durch eine der Scheiben. Ein greller Strahl, der Peter genau ins Gesicht traf. Der Zweite Detektiv schirmte seine Augen ab, nahm ebenfalls Tempo auf und war jetzt auf gleicher Höhe mit Griffin.

»Soll ich die Polizei rufen?« Dexter war noch ein gutes Stück hinter ihnen und kaum zu verstehen, so leise sprach er. »Soll ich? Besser, oder? Oder nicht? Hallo?«

Lautes Poltern drang aus der Kapelle. Etwas Großes krachte zu Boden, erneut klirrte es, dann waren Schritte zu hören. Das Licht der Taschenlampe jagte jetzt wild hin und her.

»Verfluchter Mist!«, rief eine tiefe Männerstimme.

»Komm schon, Aikju, raus hier!« Eine zweite Stimme, ebenfalls ein Mann. Wieder polterte und krachte es.

»Verdammt, meine Jacke!«

Als Rick um die Ecke rannte, flog die Tür auf. Der Friedhofswärter konnte nicht mehr rechtzeitig ausweichen und prallte mit voller Wucht dagegen. Er schrie auf, torkelte nach hinten und stürzte.

»Rick!«, entfuhr es Mr Griffin, während zwei schemenhafte Gestalten aus dem dunklen Zugang huschten.

»Bleibt stehen, ihr Mistkerle.« Rick rappelte sich wieder auf. »Stehen bleiben, habe ich gesagt.«

»Ich habe hier keinen Empfang.« Dexter, der sich irgendwo ganz weit hinten mit seinem Handy im Kreis drehte. »Hört ihr? Funkloch.«

Peter war als Erster bei Rick Turner und half ihm auf die Beine. »Komm, die schnappen wir uns.« Er rannte los, den beiden Flüchtenden hinterher.

»Nein. Lass gut sein, Junge«, rief Rick ihn zurück. »Lass die Idioten laufen.«

Peter blieb verdutzt stehen und drehte sich um. »Laufen lassen? Aber die haben hier eingebrochen.«

»Ja, Rick, die holen wir doch noch ein«, meinte auch Mr Griffin und deutete auf die beiden Gestalten, die sich fluchend und stolpernd über die Gräber davonmachten.

»Ich hole im Moment gar keinen mehr ein.« Rick stützte sich mit einer Hand an der Wand der Kapelle ab und rieb sich mit der anderen das rechte Knie. »Ich habe echt was abgekriegt. Tut höllisch weh. Hoffentlich ist da nichts kaputt.« Er stöhnte vor Schmerzen. »Und ihr brecht euch auch noch die Knochen, wenn ihr mitten in der Nacht über diesen Acker wetzt. Außerdem ist das zu gefährlich. Das waren keine Teenies, und nachher ziehen diese Typen euch eins über die Rübe. Nein, nein, wir bleiben hier. Aber trotzdem danke.« Er grinste angestrengt und hielt sich weiter das Knie.

»Soll ich dir helfen?« Griffin ging zu seinem Freund und fasste ihn unter einem Arm. »Wir müssen einen Arzt rufen. Oder ich bring dich ins Krankenhaus.«

»Erst mal rein in die Kapelle und hinsetzen. Ich muss eine Minute durchschnaufen.« Der Friedhofswärter nickte Peter zu. »Übrigens Hut ab. Mut hast du. Wolltest den Kerlen gleich hinterher. Alle Achtung.«

Dexter kam bei ihnen an, völlig außer Atem. »Gerade hatte ich … mal kurz … Empfang … aber dann … wieder nicht.« Er sah sich ängstlich in alle Richtungen um. »War da … jetzt jemand in der … Kapelle?«

»Wir haben sie verjagt.« Griffin lächelte milde.

»Oh, gut. Sehr gut.« Dexter ließ erleichtert die Schultern fallen. »Was 'ne Aufregung, oder? Meine Mum wird Augen machen, wenn ich ihr das … nachher erzähle. Ich muss unbedingt … was trinken.«

»Dann kommt mal alle mit rein.« Rick legte seinen Arm um Griffins Schultern und humpelte mit dessen Hilfe in die Kapelle. Hinter dem Eingang drückte er auf einen Lichtschalter.

»Halleluja!«, rief Griffin. »Du solltest hier drin dringend mal aufräumen.«

Die Einbrecher hatten ganze Arbeit geleistet. In der kleinen

Kapelle sah es aus, als hätte eine Bombe eingeschlagen. Das Einzige, was noch an seinem Platz zu sein schien, war ein Stuhl, auf den Mr Griffin Rick sinken ließ. Der große Tisch und die anderen beiden Stühle, eines der Regale und ein großer Karteikartenschrank mit dutzenden von Schubfächern lagen umgestürzt am Boden. Die Schubfächer waren fast alle herausgerissen worden, sodass sich eine Flut von weißen und gelben Karteikarten über den Fliesenboden ergoss. Beim zweiten Regal hatten die Kerle drei Bretter leer gefegt, auf denen Gläser und Tassen, Bücher, eine Uhr, eine alte Handlaterne und diverse Kartons und Pappschachteln gestanden hatten. Selbst der alte Kühlschrank stand weit offen.

»Wenn es die Kerle nicht auf Limonade abgesehen hatten, müssten da noch zwei Flaschen drinstehen.« Rick deutete auf den Kühlschrank. »Nehmt euch, Jungs. Und für mich bitte die Flasche, die da drin ist, Sam.« Er nickte zu einem Hängeschränkchen über dem kleinen Waschbecken.

Während Dexter zum Kühlschrank stürzte, lief Griffin nach hinten, nahm die Flasche aus dem Schrank und reichte sie seinem Freund mit einem tadelnden Blick. »Whiskey? In deinem Zustand? Wenn du nachher unters Messer musst oder Schmerzmittel brauchst, ist das gar keine gute Idee.«

»Ja, Mama.« Rick nahm einen Schluck. Und noch einen. »Ah, tut das gut. Und Dr. Griffin, ich glaube, das mit dem Messer können wir uns sparen.« Rick krempelte sein rechtes Hosenbein hoch, unter dem ein knallrotes Knie zum Vorschein kam. »Böse Prellung ja, gebrochene Knochen nein.«

»Auch eine?« Dexter hielt Peter die zweite Flasche Limonade hin.

»Nein, danke.« Peter hatte sich in der Zwischenzeit gründlich im Raum umgesehen. Irgendwelche auffälligen Hinweise schienen die Täter nicht hinterlassen zu haben. Etwas, das ihnen aus der Tasche gefallen war, oder so. Er hob eine der Karteikarten auf. Eine fünfstellige Nummer war darauf zu lesen, ein Name, ein Datum. Offenbar stand auf den Karten, wer auf dem Friedhof wann in welchem Grab bestattet worden war. Eine Art Register für die Gräber.

Aber dann entdeckte der Zweite Detektiv doch noch etwas Merkwürdiges. »Mr Turner … äh, ich meine, Rick?«

»Ja?« Der Friedhofswärter massierte sein Knie und beugte und streckte es.

»Isst du gerne Bonbons?«

Zehn süße Kojoten

Zehn Tage später saßen die drei ??? an einem wolkenverhangenen Nachmittag in ihrer Zentrale auf dem Schrottplatz der Familie Jonas. Die Zentrale war das Herzstück ihres Detektivunternehmens. Ein ausgedienter Campinganhänger, der vor neugierigen Blicken verborgen unter einem Berg Gerümpel und Altmetall stand und alles beinhaltete, was die drei Jungen für ihre Arbeit als Detektive benötigten: Computer, Telefon, ein kleines Labor mit Dunkelkammer, gemütliche Sitzgelegenheiten, einen Kühlschrank, Bücher, Karten und noch vieles mehr. Dazu ein Archiv mit allen Fällen, die die drei ??? bereits gelöst hatten. Der Schrottplatz hingegen – oder vielmehr das *Gebrauchtwarencenter T. Jonas* – gehörte Mathilda und Titus Jonas, Tante und Onkel von Justus Jonas, dem Ersten Detektiv der drei ???. Bei ihnen lebte er, seit seine Eltern vor vielen Jahren bei einem Unfall ums Leben gekommen waren.

»Was wird das eigentlich, wenn es fertig ist?« Bob Andrews, der gerade ihre neuesten Fälle archivierte, nickte zu Justus.

Der saß vornübergebeugt an seinem Schreibtisch und bastelte an einem Schuh herum, der vor ihm auf der Schreibtischplatte stand. »Ein Mechanismus, der es mir erlaubt, in gewissen Ausnahmesituationen für eine Ablenkung zu sorgen, die es uns dann wiederum ermöglichen könnte, das Momentum zu nutzen, um die Oberhand in jener Situation zu gewinnen.«

Peter saß am Telefon und lauschte dem Freizeichen. »Das wird ein Schuh, mit dem man Verbrecher durcheinanderbringen kann? Lass mich raten. Du leitest den Duft deiner Socken ungefiltert ins Freie und die Ganoven fallen alle in Ohnmacht?«

»Sehr witzig.« Justus hob eine Augenbraue. »Nein. Wenn ich die Absätze zusammenschlage, soll das einen Federmechanismus auslösen, der eine Art Projektil mit hoher Geschwindigkeit aus dem Absatz schießt. Das Geschoss schlägt irgendwo gegen, die Angreifer sind für einen Moment abgelenkt und wir nutzen die Verwirrung.«

»Dann sag mir aber bitte vorher, in welche Richtung dein Schuh schießt, damit ich rechtzeitig – ah, jetzt! Hallo, Rick? Hier ist Peter, Peter Shaw.«

»Hallo, Peter. Was kann ich für dich tun?«

»Ich wollte mich noch mal erkundigen, ob es irgendetwas Neues zu diesen Kerlen aus der Kapelle gibt. Und natürlich, wie es deinem Knie geht.«

»Das Knie wird besser, zu der anderen Sache Fehlanzeige.«

Das Gespräch dauerte nicht allzu lang. Wenig später legte Peter auf und sah missmutig vor sich hin.

»Und?«, fragte Bob.

»Nichts. Die Polizei war zwar noch ein weiteres Mal auf dem Friedhof, hat aber wieder nichts gefunden. Und da nichts gestohlen wurde, läuft das Ganze jetzt unter Sachbeschädigung und vergammelt vermutlich bald in den Akten.«

»Und zu dem ungewöhnlichen Namen konnte die Polizei auch nichts herausfinden?« Justus kroch förmlich in seinen Schuh hinein.

»Aikju? Ebenfalls nichts. Es gibt in ganz Kalifornien niemanden, der so heißt.«

Justus richtete sich auf, sah Peter an. »Und du hast das auch wirklich richtig verstanden? Aikju?«

»Ja, doch. Rick und Mr Griffin haben es ja auch gehört.«

»Vielleicht … ein grönländischer Name?«, überlegte Bob. »Oder Suaheli? Thailand?«

Justus legte seinen Schraubenzieher zur Seite. »Und dieser Rick hat keinerlei Idee, wonach diese Kerle in der Kapelle gesucht haben könnten?«

»Nein, dazu fällt ihm nach wie vor rein gar nichts ein.«

Peter hatte seinen Freunden natürlich gleich am nächsten Tag berichtet, was auf Prayer's Hill geschehen war. Dass zwei Männer in die Kapelle eingedrungen waren und dadrin ein riesiges Chaos verursacht hatten. Und von den zehn Bonbons auf dem Boden neben dem Karteikartenschrank hatte er ihnen erzählt, die nach Ricks Auskunft nicht seine waren.

»Ich bin ja nach wie vor der Ansicht, dass es die Gauner auf den Schrank abgesehen hatten«, wiederholte Justus seine Vermutung, die er schon vor über einer Woche geäußert hatte.

»Nichts in der Kapelle war nach Angaben des Friedhofswärters von Wert. Aber aus dem Karteikartenschrank waren alle Schubladen herausgerissen.«

»Du denkst, dass sie in den Karteikarten nach einem Grab gesucht haben.« Bob schob einen Aktenordner ins Regal und wandte sich dann auch seinen beiden Freunden zu. »Aber warum, wieso, wozu?«

»Zum Warum und Wieso: Wenn jemand Auskunft über ein bestimmtes Grab bei den behördlichen Archiven anfordert, hinterlässt das Spuren, zum Beispiel in Form von Namen, E-Mail-Adressen und vielleicht Überwachungsbildern. Sich mal in dieser kleinen Kapelle umzusehen, ist deutlich weniger auffällig. Zum Wozu: Das gälte es herauszufinden. Und ich glaube übrigens nicht, dass sie gefunden haben, wonach sie suchten. So wie die Kerle dadrin gewütet haben, sieht mir das nach einer klassischen Frust-Reaktion aus. Sie haben nichts gefunden und dann Kleinholz aus dem Mobiliar gemacht.« Justus sah Peter an. »Du hast doch Rick unsere Dienste angeboten, nicht wahr?«

»Ja, Just«, seufzte Peter. »Hab ich, wie ich dir schon zweimal gesagt habe. Ich weiß, dass du unbedingt einen neuen Fall übernehmen willst, aber ich kann Rick ja nicht foltern und quälen, damit er uns engagiert.«

»Aber jetzt eben am Telefon hast du ihn nicht gefragt, ob ihm inzwischen vielleicht ein bestimmtes Grab in den Sinn gekommen ist, das für die Männer von Interesse gewesen sein könnte.«

»Nein, hab ich nicht, weil ich ihn das schon vorgestern und bei unserem ersten Gespräch über diese ganze Angelegenheit gefragt habe. Und wenn ich ihn ein drittes Mal danach frage, hält er mich entweder für lästig oder denkt, dass ich ein bisschen doof bin.«

Justus legte seine Stirn in Falten und grummelte leise. Peter hatte recht. Der Erste Detektiv sehnte sich förmlich nach einem neuen Fall. Seine genialen grauen Zellen mussten endlich wieder eine würdige Herausforderung bekommen.

»Zu diesen Bonbons noch mal«, ergriff Bob das Wort. »Die lagen neben dem Karteikartenschrank, richtig? Zehn Bonbons in grün-weiß-rotem Papier, auf dem der Kopf eines Kojoten und die Buchstaben E und C zu sehen waren.«

»Genau. Und der eine Typ hat drinnen einmal gerufen: ›Verdammt, meine Jacke‹. Vielleicht ist er irgendwo hängen geblieben, hat sich die Jacke aufgerissen und die Bonbons fielen raus.«

»Aber solche Bonbons gibt es nirgends«, sagte Justus, der das natürlich längst überprüft hatte. »Kein Süßwarenladen, kein Kaufhaus, kein Internetshop bietet solche Süßwaren an und –«

»Juuuustus!«

Ein wohlbekannter Ruf hallte über den Schrottplatz und ließ die drei Jungen zusammenzucken. Tante Mathilda. Und die Lautstärke und der Tonfall verhießen nichts Gutes: Tante Mathilda hatte offenbar Arbeit für sie.

Skelett mit Blumen

Justus blies die Backen auf. »Könnte einer von euch bitte rausgehen und Tante Mathilda mitteilen, dass ich verschollen bin? Oder von Aliens entführt wurde?« Er erhob sich und schleppte sich zum Ausgang des Wohnanhängers. »Mir ist jetzt so gar nicht nach körperlicher Arbeit.«

Doch dass die drei Jungen Tante Mathilda und Onkel Titus auf dem Schrottplatz hin und wieder zur Hand gingen, war Teil der Vereinbarung. Dafür durften sie den Campingwagen als ihre Zentrale nutzen. Allerdings hatten die Jungen manchmal das Gefühl, dass all die Arbeit, die sie erledigen sollten, eine ganze Flotte von Wohnanhängern wert war.

Mit hängenden Schultern und lustloser Miene schlurfte Justus über den gekiesten Hof des Gebrauchtwarencenters auf seine Tante zu. Ein junger Mann stand neben ihr. Wahrscheinlich ein Kunde, dem er jetzt Tonnen von Krimskrams in sein viel zu kleines Auto wuchten durfte.

»Justus, dieser nette junge Herr würde dich gerne sprechen.

Wie war doch gleich noch einmal Ihr Name?« Tante Mathilda lächelte den Mann freundlich an.

Wie? Keine Arbeit? Vielleicht sogar ein Klient? Ein neuer Fall? Augenblicklich kehrten Justus' Lebensgeister zurück. Er richtete sich auf und lächelte den Mann nun ebenfalls erwartungsvoll an. »Ja, bitte? Was kann ich für Sie tun, Mr …?«

»Linus Wade. Mein Name ist Linus Wade.« Der Mann war um die zwanzig und das, was man gemeinhin eine graue Maus nannte. Blasses Gesicht, dünnes, gescheiteltes Haar, helle Augen. Einer jener unscheinbaren Menschen, die man immer und überall übersah. »Und ich bin hier doch richtig, oder? Bei den drei Detektiven?«

»Ah, verstehe, euer Rätselclub.« Tante Mathildas Lächeln wurde eine Spur schmaler. So wirklich begeistern konnte sie sich bis heute nicht für das, was die drei Jungen in ihrer Freizeit trieben. Irgendwie machte sie das immer so … unruhig. »Dann lasse ich euch mal lieber alleine.« Sprach's und schritt energisch von dannen.

»Das sind wir, richtig. Die drei ???. Mein Name ist Justus Jonas. Wenn Sie mir bitte folgen wollen, Mr Wade.«

Justus ging vorweg, sagte Peter und Bob in der Zentrale Bescheid und führte Linus Wade in die überdachte Freiluft-Werkstatt. Dort bot er ihm eine alte Obstkiste als Sitzgelegenheit an und lehnte sich seinerseits an die Werkbank. »Nun, was können wir für Sie tun, Mr Wade?«

Linus Wade sah zu Boden, auch als jetzt Peter und Bob hinzutraten, und knetete seine Hände. »Ich weiß … nicht … Also, ich kenne jemanden, der jemanden kennt, für den ihr schon mal gearbeitet habt. Das ist schon etwas länger her, aber irgendwie habe ich mir das damals gemerkt. Und als jetzt diese Sache … Also seit diese Sache … Da dachte ich, dass ihr mir vielleicht helfen könnt.« Wade blickte auf, sah aber die drei Jungen nicht an. Stattdessen irrlichterte sein Blick überall und nirgends hin.

»Von welcher Sache sprechen Sie denn?«, fragte Bob, während Peter das Gefühl hatte, dass das ein sehr langer Faden werden könnte, den sie diesem Mann aus seiner schmalen Nase ziehen mussten.

»Nun … also … das geht jetzt seit fast einer Woche so.« Wade sprach so leise, dass die drei Jungen unwillkürlich ihre Köpfe nach vorne schoben. »Mir begegnen seitdem immer wieder … Also, da war mal eine Zeichnung in meinem Briefkasten. Dann ein Foto unter meiner Tür. Ich habe auch eine E-Mail bekommen mit so einer Abbildung. Und einmal, neulich abends, da … wartete auf dem Heimweg hinter einer Ecke eins auf mich. Es grinste mich an, winkte mir zu und … entfernte sich.«

»Es? Und wer ist dieses Es?«, hakte Peter nach und bemühte sich, dabei nicht allzu ungeduldig zu klingen.

Wade sah ihn nun zum ersten Mal direkt an. »Ein Skelett.«

Der Zweite Detektiv zuckte zurück. »Ein Skelett? Wie – *ein Skelett*? Ein lebendiges Skelett? Also, ich meine … ich verstehe nicht.«

Wade nickte und schaute auf seine Hände. »Ein Skelett mit

bunt bemaltem Gesicht und … Blumen um den Schädel. Oft hat es auch einen Hut auf. Nicht immer den gleichen. Auf dem Foto hatte es eine Melone auf, in der E-Mail einen Sombrero. Und das auf der Straße trug noch einen schwarzen Anzug.«

»Mr Wade«, schaltete sich nun Justus ein. »Lassen wir mal das Foto und die Zeichnungen kurz beiseite. Aber dieses Skelett, dem Sie begegnet sind … Sie meinen damit doch sicher, dass Sie jemanden in einem Skelett-*Kostüm* gesehen haben?«

Auf Wades Gesicht spiegelten sich Scham und Unsicherheit. »Ich … kann dazu ehrlicherweise gar nichts sagen. Ich war so schockiert und verwirrt, dass ich einige Minuten brauchte, um wieder einen klaren Gedanken fassen zu können.«

Die drei ??? warteten und sagten nichts. Wade machte den Eindruck, als wollte er weitersprechen, müsste aber erst die richtigen Worte finden.

»Wisst ihr, diese Gestalt … macht etwas mit mir. Vielleicht ist das alles nur ein dummer Zufall und ich habe ja sowieso keine Ahnung, warum und wieso das alles passiert und wer dahintersteckt. Aber in meinem Kopf und …«, seine Hand wanderte wie ferngesteuert zu seinem Herzen, »… da drin sitzt seitdem so eine unbestimmte … Angst. Und auf einmal erinnere ich mich an Dinge, an die ich ewig nicht mehr gedacht habe. An die ich eigentlich noch nie gedacht habe.«

Peter schluckte. Er konnte irgendwie spüren, wie sehr das alles den jungen Mann mitnahm. Mehr und mehr empfand er Mitleid mit Linus Wade.

»Es ist wie so ein … wie heißt das? *Déjà-vu*. Kennt ihr das?

Dieses Gefühl, etwas schon einmal erlebt zu haben, ohne zu wissen, wo und wann und wie?«

Justus nickte. »Und woran erinnert Sie dieses … Skelett?«

Wades Hand wanderte in seine Jackentasche und knetete nervös darin herum. Papier raschelte. Sein Blick ging ins Unbestimmte. »An meinen Vater. Aber nur undeutlich. Ich war vier Jahre alt, als er starb. Vor allem erinnere ich mich an irgendein Straßenfest. Mit Umzug, vielen Leuten, Blumen und Farben. Sehr laut und lebendig. Und irgendwie auch an ein Begräbnis auf einem Friedhof. Doch das ist alles vollkommen durcheinander … ich sehe nichts wirklich klar.«

»Und die Gedanken kommen immer, wenn Sie diesem Skelett begegnen?«, fragte Bob.

»Ja. Und oft träume ich jetzt nachts auch von diesen Dingen. Aber nie so, dass ich mich morgens an irgendetwas Bestimmtes erinnern könnte. Das ist alles nur ein verschwommener Brei von Bildern, Gefühlen und … Angst.«

»Und was genau erhoffen Sie sich nun, das wir für Sie tun können?«, erkundigte sich Justus.

Wade zuckte hilflos die Schultern und lächelte traurig. »Irgendwie herausfinden, was da passiert und warum es gerade mir passiert. Ich muss das wissen, weil ich sonst das Gefühl habe, langsam verrückt zu werden.« Er zog seine Hand wieder aus der Tasche. »Ich traue mich schon kaum noch, in meinen Briefkasten zu sehen.«

Peter lächelte ihm freundlich zu. »Nehmen wir an, dass das alles kein Zufall ist: Haben Sie denn einen Verdacht, wer hinter der Sache stecken könnte? Gibt es da jemanden, der –« Der Zweite Detektiv hielt abrupt inne und starrte auf Wades Hand. Darin befand sich ein Bonbonpapier. Ein grün-weiß-rotes Bonbonpapier mit dem Kopf eines Kojoten.

Ein lebendiger Albtraum

»Was … was ist?« Wade bemerkte Peters verblüfften Gesichtsausdruck und sah auf seine eigene Hand.

Peter deutete auf das Bonbonpapier. »Woher haben Sie das, Mr Wade?«

»Ist das …?«, fragte Bob erstaunt.

»Ja, ist es«, erwiderte Peter. »Woher haben Sie das?«

»Dieses Bonbonpapier? Was ist denn damit?« Linus Wade schien sich in sich selbst zu verkriechen.

»Genau solche Bonbons stehen womöglich in Zusammenhang mit einer kürzlich begangenen Straftat«, setzte Justus den Mann knapp in Kenntnis.

»Straftat?« Wade starrte das Bonbonpapier an, als würde es ihm jeden Moment an den Hals springen. »Aber ich … ich … Das lag bei mir zu Hause auf dem Boden. Im Flur. Heute Morgen. Ich habe es aufgehoben und offenbar versehentlich eingesteckt, anstatt es in den Müll zu werfen. Vielleicht weil … weil ich …« Wade begann, nervös zu zwinkern.

»Weil Sie was?« Peters Mimik verfinsterte sich. Er wusste auf einmal nicht mehr, wie er den Mann einzuschätzen hatte. Was passierte hier?

»Weil … weil …« Wade schluckte. »Weil … heute Nacht das Skelett in meiner Wohnung war. Es stand … vor meinem Bett. Und seitdem …« Sein Kopf sank nach unten und er bedeckte sein Gesicht mit beiden Händen. »Ich halte das nicht mehr aus. Ich drehe durch. Ich drehe komplett durch.«

»Es stand vor Ihrem Bett?«, entfuhr es Bob. »Das Skelett stand vor Ihrem Bett? Und dann?«

»Nichts dann«, sagte Wade durch seine Hände. »Ich bin von irgendetwas aufgewacht. Ich glaube, von dem Geruch. Es roch irgendwie nach … Weihrauch oder so. Und da stand es und grinste mich an. Nichts weiter. Es grinste nur. Ich war wie gelähmt vor Angst, zitterte am ganzen Körper. Dann winkte es mir mit seiner knöchernen Hand zu, drehte sich um und ging.«

Die drei Jungen schwiegen einen Moment. Ein Skelett war in Wades Wohnung eingedrungen? Die Sache nahm immer bizarrere Formen an.

»Haben Sie die Polizei gerufen?«, fragte Peter.

»Damit die mich umgehend in die psychiatrische Klinik einliefert?« Wade lachte bitter. »Ehrlich gesagt, weiß ich mittlerweile selbst nicht mehr, ob ich das alles nur geträumt habe. Ich lag noch mindestens zehn Minuten starr in meinem Bett. Dann bin ich aufgestanden, habe alle Lichter in meiner Wohnung angemacht, das Radio aufgedreht, den Fernseher eingeschaltet und gewartet, dass es endlich hell wurde.«

»Nach Weihrauch, sagten Sie? Es roch nach Weihrauch?«, fragte Justus.

»Ja, ich glaube schon.«

»Hm, merkwürdig.« Eine steile Falte bildete sich zwischen den Brauen des Ersten Detektivs. Skelette mit Blumen und Hüten. Weihrauch. An irgendetwas erinnerte ihn das.

»Und das Bonbonpapier haben Sie dann heute Morgen gefunden? Im Flur?«, fragte Bob.

»Ja. Auf dem Boden vor meiner Garderobe. Als ich meine Wohnung verließ, um zur Arbeit zu gehen.«

»Und da lag es gestern Abend noch nicht?«

»Ich glaube nicht.«

»Darf ich mal sehen?« Peter streckte die Hand aus und Wade gab ihm das Bonbonpapier.

Der Zweite Detektiv betrachtete die Verpackung und reichte sie dann an seine Freunde weiter. »Genau das gleiche Papier. Derselbe Kojotenkopf und die gleichen Buchstaben. E und C.«

»Haben Sie vielleicht eine Ahnung, wo man diese Bonbons bekommt?«, fragte Bob. »Wir haben das nämlich schon überprüft und so wie es aussieht, gibt es diese Bonbons eigentlich gar nicht.«

Wade schüttelte den Kopf. »Keine Ahnung, tut mir leid.«

»Noch einmal zurück zu dem Skelett«, ergriff Justus das Wort. »Gab es irgendwelche Spuren eines gewaltsamen Eindringens in Ihrer Wohnung? Ein demoliertes Schloss oder kaputte Fenster? Haben Sie das kontrolliert?«

»Heute Nacht, ja. Als ich wieder einigermaßen klar im Kopf

war. Aber da ist nichts. Die Wohnungstür war zugesperrt, die Tür zum Balkon war ebenfalls von innen verriegelt und beide Schlösser sind heil. Auch die Fenster sind alle unversehrt. Ich habe überall nachgesehen.«

»In welcher Etage wohnen Sie?«

»Im ersten Stock.« Wade fuhr sich nervös durch die Haare und begann, seine Finger zu kneten. »Dieses Skelett kann entweder durch Wände gehen oder ich habe tatsächlich alles nur geträumt. Auch das ist ein Grund, weswegen ich die Polizei nicht gerufen habe.«

»Fehlt denn irgendetwas?«, wollte Bob wissen. »Wurde etwas gestohlen?«

»Soweit ich das bis jetzt beurteilen kann, nein. Es waren auch keine Schubladen oder Schranktüren geöffnet.«

Justus überlegte einen Augenblick. »Gibt es außer Ihnen noch jemanden, der Zutritt zu Ihrer Wohnung hat?«

Mr Wade nickte. »Meine Freundin Lorraine natürlich. Die hat einen eigenen Schlüssel. Dann Mrs Cox, meine Putzfrau, die zweimal die Woche zum Saubermachen kommt, und Mr Zimmerman, mein Vermieter. Er wohnt unten im Haus in der Parterre-Wohnung.«

Die Jungen warfen sich einvernehmliche Blicke zu. Hierüber mussten sie nicht lange beratschlagen. Der Mann brauchte ihre Hilfe, so viel stand fest.

Justus zog ein silbernes Etui aus seiner hinteren Hosentasche, entnahm ihm eine ihrer Visitenkarten und reichte sie Wade. »Hier. Bitte sehr.«

Mit Nachdruck sagte Justus: »Wir übernehmen Ihren Fall, Mr Wade. Wir werden zunächst unsere Ermittlungen organisieren, erste Erkundigungen einholen und uns dann bei Ihnen melden. Sind Sie heute zu Hause erreichbar?«

»Ja.« Linus Wade schrieb seine Adresse und Telefonnummer auf einen Zettel, den ihm Justus reichte, und stand auf. »Danke.« Er lächelte erschöpft. »Vielen Dank. Ich hätte sonst wirklich nicht gewusst, an wen ich mich wenden soll. Und sagt bitte ›Du‹ und nennt mich Linus.«

»Keine Ursache … Linus. Und ich darf dir versichern, dass wir schon viele Fälle gelöst haben, die zunächst sehr mysteriös und sogar übernatürlich anmuteten. Doch dahinter steckt am Ende immer eine logische Erklärung.«

»Ich hoffe, ihr habt recht.« Linus kniff die Lippen zusammen und reichte jedem der Jungen die Hand. Dann drehte er sich um und ging.

Peter blickte ihm nachdenklich hinterher. »Ein Skelett im Schlafzimmer. Das kann einem schon mal die Stimmung verhageln.« Er sah seine Freunde an. »Linus tut mir ja wirklich leid. Aber was, wenn er einfach nur einen an der Mütze hat?« Peter beschrieb mit seinem Zeigefinger kreisende Bewegungen in der Nähe seiner Schläfe.

»Das glaube ich weniger«, erwiderte Justus. »Denkt an das Bonbonpapier. Das gleiche, das einer der Einbrecher auf dem Friedhof verloren hat.«

»Und was hat der mit einem Skelett zu tun, das durch Wände gehen kann?«

»Das gilt es herauszufinden. Rätselhaft ist die Angelegenheit allemal und rechtfertigt unbedingt eine sorgfältige Ermittlung unserer-«

»Juuuuustus. Peeeeter. Bohob!«

Die drei Jungen sahen sich verdrossen an. Diesmal gab es keinen Zweifel mehr. So klang Arbeit. Definitiv.

Notruf

Tante Mathilda wartete in Leinen-Blazer, dunkelblauem Rock und ihren guten Ausgehschuhen vor dem Wohnhaus auf sie. Über ihrem Arm hing ihre große Handtasche. »Ich bin dann mal weg, ja?«

Justus sah sie ratlos an.

»Friseur?« Tante Mathilda blickte erwartungsvoll zurück. »Heute? Drei Uhr?«

»Ach, stimmt ja.« Justus klopfte sich an die Stirn. »Du wolltest heute zum Friseur.«

»Da fällt er, der Groschen. Und da dein Onkel die alten Gehwegplatten nach Pasadena ausliefert, kümmert ihr euch um das Geschäft. So war das vereinbart, richtig?«

Justus lächelte dünn. Er wusste, dass das keine Frage war.

»Ich bin so gegen sieben wieder hier.« Tante Mathilda setzte sich in Bewegung.

»Vier Stunden? Beim Friseur?«, entfuhr es Justus.

»Und wir hatten auch über den Zaun gesprochen«, sagte

Tante Mathilda über die Schulter. »Abschmirgeln, grundieren, streichen. Farbe ist im Schuppen.« Dann trat sie durch das Einfahrtstor und verschwand um die Ecke.

»Meine Mutter ist auch immer so lange beim Friseur.« Peter kratzte sich hinterm Ohr. »Entweder muss bei manchen Frauen aus irgendeinem Grund jedes Haar einzeln geschnitten werden oder *Friseur* ist in Wirklichkeit ein Code.«

»Ein Code wofür?«, fragte Bob.

»Sehe ich so aus, als wüsste ich das?«

»Das mit dem Friseur hatte ich völlig vergessen.« Justus sah sehnsuchtsvoll zur Zentrale. »Verflixt.« Der Fall musste erst einmal warten.

»Da kann man nichts machen.« Bob krempelte bereits die Ärmel hoch. »Wer schmirgelt, wer grundiert, wer streicht?«

Die Jungen waren den ganzen restlichen Nachmittag beschäftigt. Der Zaun machte viel mehr Arbeit als erwartet und es kamen auch immer wieder Kunden auf den Schrottplatz, um die Justus sich kümmern musste. Erst kurz bevor Tante Mathilda wieder frisch gewellt, ein klein wenig nachgefärbt und sichtlich zufrieden auf den Schrottplatz zurückkehrte, hatte Peter die letzten Pinsel ausgewaschen, Bob alles ordentlich weggeräumt und Justus einem Kunden den letzten von insgesamt siebzehn Übertöpfen in den Kofferraum gehievt. Er erstattete seiner Tante noch Bericht, dann durften sich die Jungen mit drei großen Gläsern Milch und dem Rest der Lasagne von heute Mittag in ihren Campinganhänger zurückziehen.

»So.« Der Erste Detektiv warf den Computer an und balancierte eine Gabel kalter Lasagne zum Mund. »Überprüfen wir zunächst alles, was wir haben. Zu Skelett und Friedhof.«

»Den Namen noch mal.« Peter lümmelte in einem der Sessel. »Aikju. Und gib auch mal andere Versionen ein. Mit Ei oder nur mit I am Anfang, ein i nach dem k … du weißt schon.«

»Und vielleicht finden wir ja doch was zu den Bonbonpapieren.« Bob saß in einem der anderen Sessel.

»Hm.« Justus trank einen großen Schluck Milch. »Mach ich. Ich beginne aber mal mit Linus selbst.«

Nach über einer Stunde waren die Ergebnisse ihrer ersten Recherchen recht mager. Zu dem Namen *Aikju* oder wie auch immer der geschrieben wurde sowie den Bonbonverpackungen fanden sie tatsächlich gar nichts. Und zu Linus Wade auch nichts. Justus wollte die Hintergründe ihres neuen Klienten erst einmal ohne dessen Wissen abklären, um zu erfahren, mit wem sie es zu tun hatten. Vielleicht hatte Peter ja recht, dass Linus psychisch krank war, oder ihr Auftraggeber wollte sich nur wichtigmachen. Hatte es alles schon gegeben. Aber das Internet kannte keinen Linus Wade aus Rocky Beach und sie kannten niemanden, der Linus Wade kannte. Bis auf diesen ehemaligen Klienten. Also rief Bob Linus unter einem Vorwand an und fragte, von wem er von ihnen erfahren hätte. Er bräuchte diese Auskunft, um ihre Kundenkartei auf den neuesten Stand zu bringen. In der Zwischenzeit suchte Justus im Internet noch nach Informationen zu Prayer's Hill, zur Kapelle und dem Karteikartenarchiv.

Als Bob seinen Freunden schließlich den Namen von Linus' Quelle nannte, löste der im Gemüt des Ersten Detektivs ein mittelschweres Erdbeben aus. Dennoch griff er nach einem kurzen Zögern und mit einem nervösen Zucken im rechten Augenlid zum Telefonhörer. Den Lautsprecher schaltete er diesmal jedoch nicht ein, und es war Justus mehr als deutlich anzumerken, dass er dieses Gespräch gerne alleine geführt hätte und nicht im Beisein seiner äußerst wachsamen und interessierten Freunde …

Als das Gespräch zu Ende war und Justus schließlich aufgelegt hatte, wartete Peter keine Sekunde. »Und wie klang sie so?«

»Wie … Was meinst du?« Justus vertiefte sich in die Internetseite auf seinem Monitor.

»*Wie … Was meinst du?*«, äffte Peter ihn nach und hielt sich einen imaginären Hörer ans Ohr. »Hallo … ähm … Valery … hier ist … ähm, Justus. Justus Jonas. Ich weiß nicht, ob du dich, ähm, an mich … Oh! Du erinnerst dich an mich … wie schön … ähm … Also, ja, also, weswegen ich, ähm, anrufe …« Peter ließ seinen ›Hörer‹ wieder sinken und grinste. »*Das* meine ich.«

Valery Flockhart. Sie war die Person, über die Linus Wade von den drei ??? erfahren hatte. Ausgerechnet Valery. Justus hatte sich bei einem früheren Fall ziemlich in die junge Frau verguckt und eine herbe Enttäuschung erlitten, als herausgekommen war, dass sie mit einem anderen zusammen war. Das kurze Telefonat mit ihr war ein einziges Stammeln und Stottern gewesen und auch jetzt leuchtete Justus noch wie eine rote Verkehrsampel.

»Vielleicht ist sie ja gar nicht mehr mit diesem, ähm, Josh zusammen?«, bohrte Peter weiter in der Wunde. »Du hättest sie, ähm, fragen sollen.«

»Wir sollten uns jetzt *darauf* konzentrieren.« Justus deutete auf den Monitor. »Das alte Archiv der Kapelle wurde bei einem Brand vor zehn Jahren vernichtet.«

»Was hatte sie noch mal für eine Augenfarbe? Grün, oder?«

»Die Ursache ist unbekannt.«

»Und ihre Haare. Eine lange, weiche Wallemähne. Kastanienfarben. Und wie die immer gerochen haben. Hmmm.« Peter hielt die Nase in die Luft und schloss genießerisch die Augen.

Bob grinste.

Justus sah starr geradeaus und verzog keine Miene. »Deswegen finden sich in der Kapelle nur noch die Karteikarten zu den Bestattungen der letzten zehn Jahre.«

»Hast du eigentlich noch dieses gelbe Sweatshirt, das sie dir damals geliehen hat, als du so klatschnass geworden bist?«

»Es gibt zwar ein digitales Register bei der Stadtverwaltung, aber diese Aufzeichnungen werden auch erst seit zehn Jahren geführt, seit dem Brand. Alle früheren Gräber auf Prayer's Hill können daher nicht mehr zugeordnet werden.«

»Du könntest es ihr ja mal, ähm, vorbeibringen. Wie wär's?«

Justus holte tief Luft und drehte sich zu Peter um. »Ich möchte jetzt nicht mehr –«

Das Telefon klingelte. Justus warf Peter noch einen strengen Blick zu und ging dann ran. »Hier Justus Jonas von den drei ???. Was kann ich für Sie tun?«

»Justus? Hier ist Linus, Linus Wade.«

Der Erste Detektiv setzte sich sofort gerade hin. Linus hatte geflüstert und klang sehr aufgeregt. Irgendetwas war passiert.

»Linus, was ist los?«

»Da … da sind Geräusche vor meinem Haus. Und ein … Schatten. Irgendjemand schleicht im Garten herum.«

»Ein Schatten?«

»Ja. Und ich glaube, dass er einen Hut trägt.«

»Okay. Hör zu. Alarmiere die Polizei. Wir machen uns sofort auf den Weg zu dir. Bis gleich.« Der Erste Detektiv legte auf und erhob sich. »Kommt mit, Kollegen. Da tut sich was.«

Auf dem Weg zu Bobs Käfer informierte Justus seine Freunde über den Inhalt des Telefonats. Und auf Bobs Nachfrage auch über das, was Valery über Linus wusste. Linus arbeitete bei einem Herrenausstatter in Pacific Palisades. Als Verkäufer. Er hatte keine Geschwister, seine Mutter war vor zwei Jahren gestorben, sein Vater schon vor ungefähr 15 Jahren. Linus sei ein netter Kerl und absolut in Ordnung. Nicht das, was man eine Stimmungskanone nannte, aber auf keinen Fall ein Spinner oder Wichtigtuer.

Zehn Minuten später kamen sie in der Casitas Road im Nordosten von Rocky Beach an. Die Sonne war nur noch als orangerotes Glimmen am Horizont auszumachen. In der Straße selbst waren bereits die Laternen angegangen.

»Nummer 34.« Peter deutete aus dem Fenster. »Das übernächste Haus muss es sein.«

Bob ließ sein Auto langsam ausrollen und hielt auf den Straßenrand zu, um zu parken.

»Da steht jemand und gafft in den Garten.« Justus schnallte sich schon einmal ab. »Da, am Gartenzaun, unter der großen Weide. Aber der trägt keinen Hut.«

Jetzt erkannten auch Peter und Bob die dunkle Gestalt. Sie stand auf den Zehenspitzen und lugte über den brusthohen Bretterzaun auf das Grundstück.

Bob hielt direkt neben ihm und die Jungen stiegen aus.

»Entschuldigen Sie«, sprach Justus den Unbekannten an. »Können wir Ihnen vielleicht helfen? Hier wohnt ein Freund von uns, den wir besuchen wollen.«

»Ähm, ja, hallo.« Der Mann drehte sich zu ihnen um. Er wirkte etwas verwirrt und unsicher. »Ich ... ich kam hier gerade entlang und dann sah ich zwischen den Lücken im Bretterzaun da vorne etwas Großes vorbeihuschen. Dunkel, fast schwarz, wie ein Schatten. Ich dachte erst, das wäre ein Tier. Aber so ein großes Tier hier in einem Garten?« Der Mann lächelte verlegen. »Ich bin sonst nicht so neugierig, müsst ihr wissen. Aber irgendwie musste ich diesmal nachsehen, und dann habe ich da drin auf dem Grundstück«, er zeigte nach hinten, »also, ich weiß nicht. Aber da ist jemand oder etwas, das hier herumschleicht. Es ist groß und dürr, hat ein ganz helles Gesicht und einen Zylinder auf dem Kopf. Das ist doch ziemlich seltsam, oder?«

Der Tod im Garten

Die drei Jungen zögerten keine Sekunde. Ein Stück die Straße hinab befand sich im Zaun ein hölzernes Gartentor, das einen kleinen Spalt offen stand. Justus trat als Erster hindurch und sah sich um. Vor ihnen lag ein weitläufiges Grundstück, auf dem sich im Dämmerlicht die Konturen zahlreicher kleiner Bäume abzeichneten. Ihre Äste standen fast waagerecht ab und waren sorgfältig in Form geschnitten. Entfernt erinnerte der Anblick an einen Friedhof mit ungewöhnlichen, übergroßen Kreuzen. Die Luft roch nach frisch geschnittenem Gras, vermutlich war der Rasen erst vor Kurzem gemäht worden. Hinter den Bäumen schimmerten drei erleuchtete Fenster durch die zunehmende Dunkelheit. Zu sehen war niemand.

»Da lang«, flüsterte Justus und gab die Richtung vor.

Nacheinander huschten die drei Detektive über den feuchten Rasen und nutzten dabei so oft wie möglich einen der dünnen Bäume als Deckung. Als er hinter sich ein Geräusch vernahm, drehte sich Peter im Laufen erschrocken um. Aber es war nur der fremde Mann, der ihnen in einigem Abstand auf das Grundstück gefolgt war.

Dann schälten sich die Umrisse des Hauses aus der Dämmerung. Ein großes, zweistöckiges Gebäude mit flachem Dach und auf der rechten Seite einem Balkon im ersten Stock. Sehr modern wirkte das Haus nicht.

»Vielleicht auf der Rückseite«, wisperte Bob, da sie nach wie vor nichts Ungewöhnliches entdecken konnten.

Justus nickte und lief eine große Kurve, um das Gebäude rechts zu umrunden. Hinter einem der Fenster im Erdgeschoss brannte ein dumpfes Licht.

»Da vorne, Kollegen. Unterhalb des Balkons«, presste Peter plötzlich hervor.

Jetzt sahen ihn auch Justus und Bob. Oder es. Einen schwarzen Schattenriss mit großem Hut, der sich gerade daranmachte, an einem der Regenrohre zu dem Balkon hochzuklettern. Vor der dunklen Hauswand hatte Peter die Gestalt nur entdeckt, weil sie sich bewegt hatte. Etwa die Hälfte der Höhe hatte sie bereits erklommen. Die Jungen verlangsamten ihr Tempo und duckten sich, um sich leise anzuschleichen. Plötzlich ertönte hinter ihnen eine Stimme.

»Hallo? Was machen Sie denn da? Wer sind Sie?« Der Mann vom Gartenzaun, der ihnen weiter gefolgt war, schritt entschlossen auf den Eindringling zu. »Der will doch da einbrechen, oder?«, rief er den Jungen zu. »Hey, Sie da!«

Justus stöhnte leise auf, während die schwarze Gestalt das Rohr losließ und behände wie eine Katze auf dem Boden aufkam. Noch im Knien drehte sie sich um und wandte ihren Verfolgern das Gesicht zu.

Doch da war keines. Im schwachen Schein eines der erleuchteten Fenster, der die eine Hälfte dieses Gesichtes in ein unwirkliches Glimmen tauchte, starrte die drei Jungen eine leere, bleiche Augenhöhle an. Peter blieb das Herz stehen und auch Bob schnappte nach Luft. Eine Halbreihe riesiger Zähne grinste sie unter einer Nase an, die nur aus einem schwarzen Loch zu bestehen schien. Keine Ohren, keine Haare, keine Haut. Ein blasser Totenschädel unter einem matt schimmernden Zylinder, auf dessen Krempe seltsamerweise ein paar gelbe und orangefarbene Blumen lagen. Der Rest des … Körpers wurde durch einen pechschwarzen Anzug verborgen. Im nächsten Augenblick fuhr der Totenmann herum und sprang mit großen Schritten in die Nacht, wo er hinter der nächsten Ecke des Hauses verschwand.

»Das war doch … das war ja«, japste der Mann hinter ihnen und deutete fahrig in die Dunkelheit. »Habt ihr das gesehen? Das war ein … Skelett. Ein Skelett! Ich fasse es nicht.«

Justus brauchte eine Sekunde, um sich von dem Schreck zu erholen. Dann aber riss er sich zusammen. »Kommt, Kollegen, vielleicht kriegen wir den Kerl noch.« Die drei ??? liefen los.

Doch die Verfolgungsjagd war schnell beendet. Als die Jungen an der Ecke des Hauses angekommen waren, sahen sie, wie das Skelett an der Haustür vorbeirannte, die Garagenzufahrt entlang, und dann mit einem gewaltigen Satz über das Einfahrtstor hinwegsetzte. Peter gab noch einmal Gas und schwang sich ebenfalls über das zweiflügelige Schiebetor. Doch als er auf dem Bürgersteig landete und sich umblickte, war von dem Eindringling weit und breit nichts mehr zu sehen. Als hätte ihn der Erdboden verschluckt.

»Was ist denn hier draußen los? Wer seid ihr?«

Justus und Bob fuhren herum. Peter blickte über den Zaun zurück. Aus der Eingangstür des Hauses humpelte ein alter, gebückt gehender Mann, der wild mit einem … Gewehr? … herumfuchtelte. Das Licht über der Tür ging an und erleuchtete den kleinen Hof vor dem Haus.

»Verschwindet oder ich prügle euch die Seele aus dem Leib.« Der Alte kam näher.

Er sah furchterregend aus mit seinem vor Wut verzerrten Gesicht, den wirren Haarsträhnen, die ihm um den fast kahlen Schädel flatterten, und dem mächtigen Gewehr in seiner Hand. Wobei Bob jetzt erkannte, dass es gar kein Gewehr war. Es war ein Baseballschläger. Was nur unwesentlich besser war.

»Mr Zimmerman, alles in Ordnung?« Im ersten Stock ging genau über der Eingangstür ein Fenster auf und der Kopf von Linus erschien. »Das sind Freunde von mir. Tut mir leid, Mr Zimmerman.«

»Hä? Freunde? Unsinn!«, bellte der Alte und sah nach oben. »Randalierer sind das. Unruhestifter. Die wollen nur Krawall machen. Ich habe schon die ganze Zeit das Gefühl, dass hier jemand durch den Garten schleicht. Aber nicht mit mir.« Zimmerman hob den Baseballschläger und wackelte auf Justus und Bob zu.

»Nein, Mr Zimmerman, wirklich. Warten Sie, ich komme runter. Ich kann alles erklären.« Linus schloss das Fenster und verschwand im Haus.

»Lumpenpack«, grummelte Zimmerman, ließ aber fürs Erste seinen Schlagstock sinken.

Noch während Linus durch das Haus hastete, hielt draußen an der Straße ein Auto. Justus und Bob hörten, wie sich eine Wagentür öffnete und mit einem satten Ploppen wieder schloss. Schuhe mit harten Absätzen trippelten über den Asphalt. Dann stolperte Linus aus dem Haus, zeitgleich schob eine junge Frau das Einfahrtstor ein Stück auf und betrat das Grundstück, zögerlich gefolgt von Peter.

»Linus, Darling. Was ist denn los?« Die Frau eilte auf Linus zu, ohne auch nur einen Blick an die Jungen, Zimmerman oder den anderen Mann zu verschwenden. Sie trug ein bauchfreies Glitzertop, darüber ein kurzes, enges Jäckchen sowie eine Jeans mit mehr Löchern als Stoff und hochhackige Schnallenschuhe. Auch ihre Frisur war sehr ausgefallen: ein lila Wuschelkopf.

»Lorraine. Schön, dass du da bist.« Linus gab ihr einen Kuss auf die hingehaltene Wange. »Und Mr Zimmerman, das sind wirklich Freunde von mir. Beruhigen Sie sich, bitte.«

Zimmerman knurrte irgendetwas Unverständliches und wandte sich um. »Hier kehrt jetzt Ruhe ein, Mr Wade. Sorgen Sie dafür. Verstanden?«

»Ja, sicher, Mr Zimmerman. Ich bitte nochmals um Entschuldigung für die Störung.«

»Häm.« Zimmerman schlurfte ins Haus.

Lorraine wartete, bis der Alte außer Hörweite war. »Darling? Du sagtest am Telefon, da wäre jemand im Garten?« Sie sah Linus besorgt an. »Und wer sind diese … Typen da?« Sie nickte knapp zu den drei ??? und dem fremden Mann.

»Das sind die Jungs, von denen ich dir erzählt habe. Und der andere Herr …?« Linus lächelte verschwommen.

»Neely, James Neely«, stellte sich der Mann vor und gab Linus und Lorraine die Hand. »Ich kam hier vorbei und sah jemanden im Garten herumschleichen. Dann traf ich die Jungs, die meinten, sie seien Freunde von Ihnen. Und als sie in den Garten liefen, bin ich ihnen gefolgt. Ich konnte die drei ja schlecht alleine da reinlassen. Man weiß ja nie. Und stellen Sie sich vor!« Neely machte große Augen. »Da war ein Skelett. Ein Skelett, das am Regenrohr in den ersten Stock klettern wollte. Also natürlich jemand, der als Skelett verkleidet war.«

»Ein … Skelett?«, stammelte Linus.

»Diese Idioten!« Lorraine ballte wütend die Fäuste. Dann drehte sie sich zu Linus und nahm ihn fest in die Arme. »Mein armer, armer Liebling. Ich bin ja bei dir. Aber …«, sie drückte ihn ein Stück von sich weg, »wir müssen da jetzt endlich etwas unternehmen, hörst du? So kann das nicht weitergehen. Du gehst ja noch völlig vor die Hunde.«

»Hast du denn die Polizei gerufen, Linus?«, schaltete sich Justus nun ein.

Linus schüttelte den Kopf. »Das … das bringt doch nichts. Nach wem … sollen die denn suchen? Einem Skelett? Die denken doch nur, dass ich … völlig bekloppt bin.«

»Und damit genau das nicht passiert, muss da jetzt mal ein Profi ran«, sagte Lorraine energisch.

»Profi?« Linus blickte seine Freundin fragend an.

»Ja. Irgendein Thera...dings. Jemand, der herausfindet, warum du auf diesen Blödsinn so heftig reagierst.«

»Sie halten das alles für Blödsinn, Lorraine?«, hakte Bob nach.

»Natürlich! Irgendwelche Knalltüten erlauben sich hier einen Spaß mit meinem Liebling. Und je mehr der einknickt, desto lustiger finden die das. Aber damit ist jetzt Schluss.«

»Und woher ist diesen Leuten bekannt, dass Linus so ungewöhnlich stark auf diese Gruselgestalt anspricht?«, fragte Justus.

»Woher soll ich das wissen?«

»Mir hat mal ein Hypnotiseur geholfen«, meldete sich Mr Neely zu Wort. »Nur eine Sitzung und er konnte mir das Rauchen abgewöhnen. Sagenhaft.«

Lorraine strahlte ihn begeistert an. »Ein Hypnotiseur? Echt? In nur einem Tag? Irre. Und ... könnte der ... Ich meine ... was macht der so? Könnte der auch rausfinden, warum Linus immer so austickt, wenn er ein Skelett sieht?«

Neely zuckte mit den Schultern. »Das weiß ich nicht, aber ich nehme es an. Diese Leute können ganz tief in unser Unterbewusstsein eindringen und von dort Dinge zutage fördern, die man nie für möglich gehalten hätte.«

Die Frau klatschte in die Hände. »Schatz? Hörst du das? Das klingt doch super, findest du nicht? Unterbewusstsein und so. Vielleicht kommen wir so der Sache auf den Grund.«

Linus lächelte hilflos.

Día de los Muertos

Am nächsten Tag trafen sich die drei ??? gegen Mittag zur Lagebesprechung in ihrer Zentrale. Lorraine hatte nach dem gestrigen Vorfall allen Anwesenden deutlich zu verstehen gegeben, dass sie sich ab jetzt um Linus kümmern würde, und die drei ??? sowie Neely mehr oder weniger auf die Straße geschoben. Aber Linus hatte sie nun mal engagiert, weswegen die Jungen keine Veranlassung hatten, ihre Ermittlungen einzustellen. Ganz im Gegenteil. Nachdem sie gestern Abend mit eigenen Augen gesehen hatten, dass Linus ganz sicher nicht fantasierte, ging der Fall für sie nun erst richtig los.

»Dieser Neely hat alles vermasselt.« Peter hatte sich von zu Hause einen Bagel mit Käse mitgebracht und aß ihn im Stehen an den Kühlschrank gelehnt. »*Hallo, wer sind Sie?* Pah! Amateur. Ansonsten hätten wir diesen Halloween-Freak sicher geschnappt.«

»Und dann hat er sich auch noch als unser Beschützer aufgespielt«, ergänzte Bob. »Konnte uns nicht alleine aufs Grundstück lassen, weil man ja nie weiß und so. Dabei hat er sich fast in die Hosen gemacht, als er dieses Skelett gesehen hat.«

»Genau.« Peter prostete seinem Freund mit seinem Bagel zu.

»Kein James Neely im Internet.« Justus strich den Namen auf seiner To-do-Liste durch. »Zumindest nicht in näherer Umgebung von Rocky Beach.«

»Hast du nach dem gesucht?«, wunderte sich Peter. »Wieso?«

»Weil wir uns im Augenblick in einer Phase der Ermittlungen befinden, in der es gilt, alle Fakten und Informationen zusammenzutragen, Zweiter, egal wie nebensächlich oder unwichtig sie erscheinen. Noch haben wir ja keine Idee, worum es hier überhaupt geht.«

»Verstehe.« Peter schob sich den Rest seines Bagels in den Mund und klopfte sich die Hände sauber.

»Schauen wir mal, ob wir zu Lorraine Barnes etwas finden.« Justus gab den Namen in die Suchmaschine ein.

»Barnes?« Peter kam zum Schreibtisch. »Lorraine Barnes? Woher kennst du denn ihren Nachnamen?«

»Ich … habe heute Morgen deswegen noch einmal mit Valery telefoniert«, sagte Justus wie nebenbei. Wieder heftete er seinen Blick ausschließlich auf den Bildschirm.

»Ach, sieh mal einer an.« Peter verschränkte die Arme vor der Brust und lächelte süffisant. »Hast du das? Und? Wann trefft ihr euch?«

»Es ging ausschließlich um den Nachnamen dieser Lorraine.«

»Ja, sicher. Und ich reite demnächst mit dem Pferd zur Schule. Komm schon, Erster, erzähl. Was war?«

»Nichts war. Unsere … Bekanntschaft bewegt sich auf einer rein platonischen Ebene.«

»Was immer das heißen mag, hört sich jetzt nicht wirklich nach Sonnenuntergang und schmachtenden Blicken an. Aber das kauf ich dir nicht ab. Also. Wo und wann?«

Justus seufzte übertrieben gelangweilt. »Nirgends und nie.« Er deutete auf den Monitor. »Und keine Lorraine Barnes im World Wide Web.«

Bob runzelte die Stirn. »Das hätte ich nicht gedacht. So stylisch und hip, wie sie gekleidet war, wäre ich jede Wette eingegangen, dass sie auf allen möglichen sozialen Plattformen unterwegs ist. Erstaunlich.«

»Das sehe ich ähnlich«, stimmte ihm Justus zu, »und lässt mich stutzig werden.« Er machte auf seiner Liste ein Ausrufezeichen hinter ihren Namen. »Nach Zimmerman werde ich auch noch suchen. Ich dachte nämlich, dass wir ihm einen Besuch abstatten könnten. Anschließend fahren wir zu Rick Turner und danach ins Stadtarchiv.«

»Zimmerman?« Peter machte große Augen. »Du erinnerst dich schon noch an gestern Abend, oder? Ich sage nur: ›Baseballschläger‹.«

»Ja. Aber Valery hat mir erzählt, dass Linus seit frühester Kindheit in diesem Haus wohnt und Zimmerman ihn schon sein ganzes Leben kennt. Vielleicht spricht er doch mit uns, nachdem er nun weiß, dass wir Freunde von Linus sind, und wir erfahren etwas Interessantes.«

Peter grinste. »Ich dachte, es ging nur um den Nachnamen.«

Justus verdrehte die Augen. »Jetzt hör schon auf, Zweiter. Da ist nichts. Glaub es oder lass es sein.«

»Dann lass ich es lieber sein.«

Fünfzehn Minuten später bog Bobs Käfer erneut in die Casitas Road ein. Auch Justus war sich alles andere als sicher, dass Zimmerman mit ihnen reden würde. Aber einen Versuch war es in jedem Fall wert.

»Schon eine Idee, wie wir vorgehen wollen?«, fragte Bob.

Justus nickte unbestimmt. »Erst über die Vorfälle am gestrigen Abend sprechen und dann auf Linus überleiten.«

»Während Linus, immerhin unser Klient, ein Stockwerk über uns sitzt?« Peter machte ein skeptisches Gesicht.

»Linus ist vermutlich auf der Arbeit.«

»Und wenn nicht?«

»Sehen wir weiter.«

»Hältst du es immer noch für möglich, dass –«

»Kollegen!«, unterbrach ihn Bob. »Seht mal. Da oben hinter dem großen Fenster im ersten Stock. Da ist wer in der Wohnung. In Linus' Wohnung.«

Justus und Peter sahen sofort, was Bob meinte. Dank eines günstigen Lichteinfalls konnten sie von der Straße ohne Schwierigkeiten durch das Fenster in das Zimmer dahinter blicken. Und da, vor einem großen Bücherregal, stand eine Gestalt und machte sich ganz oben darauf zu schaffen. Tatsächlich konnten sie die Person nur deswegen von der Straße aus sehen, weil sie sich in dem Zimmer so nah unter der Decke befand.

»Das ist ganz bestimmt nicht Linus. Der Kerl muss ein Riese sein, wenn er da oben hinkommt«, sagte Peter, während er den Beifahrersitz nach vorne klappte und aus dem Auto stieg.

»Oder er steht auf einer Leiter«, erwiderte Justus. »Finden wir es heraus.«

Die drei Jungen liefen zu dem kleinen Gartentor, das auch heute nicht abgesperrt war. Nach wenigen Schritten waren sie am Hauseingang und Justus drückte auf den Klingelknopf neben Linus' Namensschild.

»Zimmerman steht hinter den Gardinen und beobachtet uns.« Bob nickte unauffällig nach rechts zu einem der Fenster.

»Neugieriger Knittergreis«, murmelte Peter.

Sie warteten, aber nichts tat sich. Justus betätigte die Klingel erneut. Dann endlich – der Erste Detektiv wollte schon bei Mr Zimmerman klingeln, um ihn über ihre Entdeckung in Kenntnis zu setzen – hörten sie jemanden leise die Treppe herunterkommen. Kurz darauf öffnete sich die Tür und eine dunkelblonde Frau in gelben Putzhandschuhen stand vor ihnen.

»Tut mir leid, ich war eben im Bad, das Wasser lief, ich habe nichts gehört und gerade die Dusche sauber gemacht. Oh. Wer seid ihr denn?«

Die Frau mochte Mitte vierzig sein, hatte aber ein verlebtes Gesicht mit dünner, faltiger Haut. Zu viele Zigaretten, vermutete Justus. Die Handschuhe, eine rot-weiß karierte Hüftschürze sowie der blaue Schwamm in ihrer rechten Hand sprachen eine deutliche Sprache. Das musste Mrs Cox sein, die Reinigungskraft, die Linus gestern erwähnt hatte.

»Wir sind Freunde von Linus«, improvisierte Justus, »und waren gerade in der Gegend. Und Sie sind bestimmt Mrs Cox, die Haushaltshilfe, von der er so geschwärmt hat, nicht wahr?«

»Ja, richtig. Ich putze zweimal in der Woche seine Wohnung und mache den Abwasch. Immer dienstags und samstags.« Die Frau strich sich eine blonde Haarsträhne aus der Stirn. »Aber Mr Wade ist im Moment nicht zu Hause.«

Justus tat, als überlegte er. »Schade. Dann kommen wir ein andermal wieder. Ach, da fällt mir ein, wir wollten uns ja auch noch kurz bei Mr Zimmerman bedanken.«

»Bei Mr Zimmerman? Bedanken?« Sie setzte einen skeptischen Blick auf. »Na dann. Alles klar.« Sie lächelte die Jungen freundlich an, drehte sich um und lief die Treppe wieder rauf.

Peter wartete eine Sekunde. »Aber die war doch gar nicht im Bad«, flüsterte er.

»Ganz genau.« Justus drückte die Klingel von Zimmerman.

»Und warum erzählt sie uns das alles?«, wunderte sich Bob. »Und so ausführlich? Bad, Wasser, Dusche, nichts gehört.«

»Das frage ich mich auch. Und wieso entschuldigt sie sich dafür, nichts gehört zu haben, wenn sie dann doch gar nicht wissen kann, dass es etwas zu hören gab?« Justus wartete. »Wir müssen der Dame einmal gründlich auf den Zahn fühlen.«

Mr Zimmerman brauchte ähnlich lange wie Mrs Cox, bis er an seiner Wohnungstür war. Offenbar überlegte er, ob er Lust hatte, mit den Jungen zu reden. Dann aber trat er in den Hausflur. »Die Nervensägen von gestern. Was wollt ihr?« Er musterte die Jungen aus einem verkniffenen Gesicht. »Warum jagt ihr mich denn heute aus meinem Sessel?« Zum Glück hatte er diesmal keinen Baseballschläger bei sich. Unter seinem Arm klemmte nur ein dickes Buch.

»Guten Tag, Mr Zimmerman.« Justus bemühte sich, ausgesprochen höflich zu klingen. »Wenn wir uns kurz vorstellen dürften. Wir sind –«

»Ist mir völlig wurscht, wer ihr seid. Was wollt ihr? Spuck's aus, Dicker.«

Ein dumpfes Geräusch ertönte. Von oben. Als wäre irgendetwas umgefallen.

»Ah, die alte Cox«, knurrte Zimmerman und schielte über seine Schulter zur Treppe. »Schnüffelt bestimmt wieder rum. Neugieriges Weibsbild.«

»Also, wir wollten Sie etwas fragen.« Justus behielt die Fassung. »Wir wollten Sie fragen, ob Sie vielleicht –«

Das Buch rutschte Zimmerman unter der Achsel hervor und landete mit einem lauten Knall auf dem Boden. Mit der Vorderseite nach oben.

»So ein verdammter Mist.« Zimmerman funkelte die Jungen böse an. »Alles nur wegen euch. Macht euch endlich vom Acker.« Er bückte sich ächzend, aber der dritte Detektiv kam ihm zuvor, hob das Buch auf und reichte es ihm.

»Hier, bitte …«, Bob kam ins Stocken, » … sehr.«

Justus und Peter hatten ebenfalls alle Mühe, sich ihre Überraschung nicht anmerken zu lassen. Der Titel des Buches lautete: *Día de los Muertos*. Und vom Cover grinste ihnen ein bleicher Totenkopf entgegen, den bunte Rosen umrankten.

Am Abgrund

»Los, verschwindet schon. Ich habe jetzt keine Zeit. Und auch keine Lust.« Zimmerman riss Bob das Buch aus der Hand, drehte sich um und schlurfte ins Haus zurück.

»Ich wünsche Ihnen ebenfalls einen schönen Tag«, sagte Peter, als die Wohnungstür krachend ins Schloss fiel.

Die drei Jungen liefen zum Gartentor.

»Dieses Buch.« Bob schüttelte den Kopf. »Das kann doch kein Zufall sein, oder?«

»*Día de los Muertos*«, zitierte Peter den Titel. »Wenn mein Spanisch nicht ganz eingerostet ist, heißt das ›Tag der Toten‹.«

Justus ging als Erster durch die Pforte. »Einer der wichtigsten mexikanischen Feiertage, an dem traditionell die Verstorbenen geehrt werden. Man feiert ihn um Halloween herum vom 31. Oktober bis zum 2. November. Auch bei uns. Letztes Jahr fand zum Beispiel ein großes Fest auf dem Hollywood-Forever-Friedhof statt und dieses Jahr soll die Party in El Pueblo steigen, dem mexikanischen Viertel von Los Angeles.«

»Party?«, staunte Peter. »Die Mexikaner feiern eine Party, um an ihre Toten zu denken?«

»Ja, stimmt«, erinnerte sich Bob. »Da war letztes Jahr was im Fernsehen. Das sieht aus wie beim Karneval. Umzüge, Paraden, Kostüme, laute Musik. Nur eben alles auf Tod getrimmt.«

»Auf Tod getrimmt?« Peter sah seinen Freund verwundert an. »Wie meinst du das?«

Bob umrundete sein Auto und schloss die Tür auf. »Da laufen alle verkleidet herum, so ähnlich wie zu Halloween. Nur dass man sich eben nicht ein Plastikbeil an den Kopf klebt und Kunstblut auf seinem Hemd verschmiert oder sich ein Dracula-Gebiss in den Mund stopft. Fast alle gehen als Skelett auf die Party. Männer oft im Frack, Frauen in langen Röcken.« Der dritte Detektiv setzte sich auf den Fahrersitz.

Justus und Peter stiegen ebenfalls ein und Bob fuhr los. »Zu Rick, oder? Prayer's Hill?«

Justus nickte knapp. »Und die meisten Skelette tragen Kopfbedeckungen. Man schminkt sich kunstvoll, oft auch sehr farbenfroh, schwenkt Gefäße mit Weihrauch, hat Kreuze, Knochen und Blumen dabei –«

»Der Kerl gestern hatte auch Blumen am Hut«, erinnerte sich Peter.

»Und war nicht auch von Weihrauch die Rede?«, fiel Bob ein. »Davon ist Linus doch aufgewacht, als dieses Skelett bei ihm im Schlafzimmer stand.«

»Ganz genau, der Weihrauch. Eigentlich hätte es da schon bei mir klingeln müssen«, gab Justus zu. »Und dann die Blumen. Orange und gelbe Blumen. Vor allem Ringelblumen, Chrysanthemen und Studentenblumen. Sie sollen den Toten den Weg zu ihren Verwandten weisen. Weil die Toten angeblich Gelb und Orange am besten wahrnehmen können.«

Peter blies die Backen auf. »Werde ich mir merken. Nichts Gelbes und Oranges mehr in meinem Zimmer.«

»Es wird sogar ein eigenes Brot zu diesem Anlass gebacken, das *Pan de Muerto,* und es gibt jede Menge Zuckerzeug in Form von Grabsteinen, Schädeln, Knochen und so weiter.«

»Du meinst, Knochen-Lutscher und Grabstein-Kuchen? Marzipanschädel?« Peter unterdrückte ein Schaudern. »Ich glaub's ja nicht.«

Justus sah nachdenklich aus dem Fenster. »Spannend ist ja die Frage, warum Mr Zimmerman ausgerechnet jetzt ein Buch über den *Día de los Muertos* liest.« Seine Hand wanderte zum Mund. Wenn der Erste Detektiv scharf nachdachte, knetete er oft an seiner Unterlippe herum. »Und ihr wisst, dass ich nicht an Zufälle glaube.«

»Ist schon äußerst seltsam«, befand auch Bob. »Und was ich mich noch frage: Wieso glaubt Zimmerman, dass diese Mrs Cox in Linus' Wohnung herumschnüffeln würde? Wie kommt er auf so eine Idee?«

Dreißig Minuten später parkte der dritte Detektiv seinen Käfer auf dem Parkplatz vor Prayer's Hill. Ein paar wenige Autos standen auf der gekiesten Fläche. Vielleicht fand gerade eine Beerdigung statt. Oder Trauernde besuchten ein Grab.

Die Jungen machten sich auf den Weg zu der kleinen Kapelle. Dort hofften sie Rick Turner zu finden. Die Erkenntnis, dass es zum einen keine älteren Aufzeichnungen mehr zu den Gräbern auf Prayer's Hill gab und dass zum anderen jede Recherche in öffentlichen Archiven nicht gerade unauffällig gewesen wäre, hatte Justus in seinem Verdacht bestärkt: Die Einbrecher hatten in der Kapelle Informationen zu einem bestimmten Grab gesucht. Vielleicht zu einem Grab aus der letzten Zeit, vielleicht auch zu einem älteren, wenn die Männer nicht gewusst hatten, dass die Karteikarten nur die letzten zehn Jahre umfassten. Jedenfalls wollte der Erste Detektiv Rick Turner vorsichtig aushorchen. Vielleicht wusste er ja etwas, das sie weiterbrachte. Allzu viel wollten sie ihm zum gegenwärtigen Zeitpunkt der Ermittlungen allerdings nicht verraten.

Wieder quietschte der Wetterhahn auf dem Dach erbärmlich, als sie sich dem kleinen Gotteshaus näherten.

»Wie halten die das nur aus?« Peter zeigte zu dem großen Storchennest auf dem Kamin.

»Was meinst du? Wer?« Bob folgte seinem Finger.

»Die Störche. Die müssen doch taub sein, oder?«

Bob lachte.

Rick Turner war nicht in der Kapelle. Und auch sonst nirgendwo zu sehen. Justus stemmte die Hände in die Hüften und blickte sich um.

»Lasst uns ausschwärmen, Kollegen. Wer Mr Turner findet, bittet ihn zu einer kleinen Unterredung in die Kapelle. Und während wir suchen, halten wir die Augen auf. Vielleicht fällt uns ja irgendetwas Ungewöhnliches auf dem Friedhof oder an einem der Gräber auf.«

»Du meinst, eine halb verweste Hand, die sich aus dem Erdreich streckt, oder so?«, feixte Peter.

»Du guckst eindeutig zu viele Horrorfilme.« Justus lief los.

Da sich Justus nach links orientierte und Bob geradeaus lief, übernahm der Zweite Detektiv den rechten Teil des Friedhofs. Dort befand sich in einiger Entfernung ein kleines Wäldchen aus dürren Bäumen und ein paar mittelgroßen Büschen. Auf dem Weg dorthin begegnete er nur einem jungen Paar, das mit traurigen Gesichtern und einander umarmend vor einem frischen Grab stand. Die Frau schluchzte leise.

»Irgendetwas Ungewöhnliches ...«, murmelte Peter, als er an den Gräbern vorbeilief und sich dem Wäldchen näherte. Was könnte das sein? Manche Gräber waren älter als andere, hier wuchsen Blumen, da nicht, dort gab es ein Grablicht, woanders eine Kerze. Wahrscheinlich solar- oder batteriebetrieben. Und überall die gleichen schlichten Holzkreuze mit fünf oder sechs dieser ungewöhnlichen Ziffern. Mehr gab es hier nicht zu sehen. Und auch von Rick keine Spur. In der Ferne konnte er Justus und Bob erkennen. Auch sie wirkten nicht, als wäre irgendwo ein Toter seinem vermoderten Sarg entstiegen und würde sie über den Friedhof jagen. Peter musste selbst über diese Vorstellung schmunzeln.

In dem kleinen Wäldchen gab es keine weiteren Gräber. Und gleich dahinter endete das Gelände von Prayer's Hill an einem schulterhohen Maschendrahtzaun. Auch hier wurde deutlich, dass die Stadt nicht sehr viel Geld für diesen Friedhof übrig hatte. Der Zaun war an vielen Stellen verrostet, wies einige Löcher auf und fehlte ein Stück weit ganz. Hinter dem Zaun schien es abrupt abwärtszugehen.

Peter trat in die Lücke und blickte nach unten: ein steiler Abhang, der gut und gerne zwanzig Meter tief war. Vereinzelt krallten sich struppige Büsche und braune Grasbüschel in das lose Gestein der Böschung, die ansonsten aus größeren Felsen und bröckeligem Erdreich bestand. Unten lief der Hang in eine trockene Wiesenfläche aus.

Plötzlich war da ein Geräusch. Nein, kein Geräusch. Es war eher so, dass sich die Luft verändert hatte, die Atmosphäre. Peter spürte, wie sich seine Nackenhaare aufstellten. Er trat einen Schritt zurück und wollte sich gerade umdrehen, als ihm jemand einen heftigen Stoß von hinten versetzte.

Der Zweite Detektiv schrie erschrocken auf und stolperte Richtung Abhang. Für den Bruchteil einer Sekunde konnte er sich noch halten, indem er wild mit den Armen ruderte und auf den Zehenspitzen balancierte. Doch dann siegte die Schwerkraft und zog ihn nach unten.

Während er fiel, drehte sich Peter um die eigene Achse und griff nach dem Zaun, der sich an dieser Stelle nach außen wölbte. Das Spannseil war gerissen. Für einen kurzen Moment fand er auch tatsächlich Halt, aber dann löste sich die ganze Zaunbahn vom nächsten Pfosten und auch vom übernächsten, und der Zweite Detektiv rauschte in die Tiefe. Erst ein paar Meter weiter bremste ihn das Metallgeflecht und Peter prallte so fest auf den Abhang, dass er den Zaun fast losgelassen hätte. Nur noch mit einer Hand krallte er sich in die rostigen Maschen. Panisch blickte er nach oben – und erstarrte. Ein Skelett grinste auf ihn herab. Schwarzer Anzug, ein Sombrero mit Blumen, eine wächserne Totenkopfmaske auf dem Gesicht sowie weiße, spinnenartige Hände.

»Erste und letzte Warnung«, zischte der Mann mit einer Stimme wie geschliffenes Glas. »Haltet euch da raus.« Dann ging er zu dem nächsten Pfosten, an dem der Zaun noch festhing, und gab diesem einen brutalen Tritt.

R.I.P.

»Nein!« Peter rauschte noch weiter nach unten und schürfte sich dabei böse die Knie auf. Als ihn der Zaun ein weiteres Mal abrupt auffing, presste ihm die Erschütterung die Luft aus den Lungen und er musste loslassen, so heftig war der Ruck. Ein kurzes Stück schlitterte er noch den Abhang hinab, doch dann bekam er ein knorriges Bäumchen zu fassen, das an dieser Stelle aus dem Fels wuchs.

»Hilfe! Hilfe!«, schrie er aus Leibeskräften, während das Skelett aus seinem Blickfeld verschwand. »Hilfe!«

Peter suchte mit den Füßen nach einer Möglichkeit, sich abzustützen. Das Bäumchen würde nicht allzu lange halten. Schon jetzt brach es mit jeder Sekunde ein Stück weiter aus dem bröckeligen Erdreich. Peters ganzer Körper schmerzte, seine Hände, seine Knie. Aber wenn er den Halt verlor und ihn niemand raufzog, wäre das wohl sein geringstes Problem. Denn bis zum Fuß der Böschung waren es sicher noch zehn Meter. »Hilfe! Hört mich denn niemand?«

Da tauchte ein Gesicht über der Kante auf. Der junge Mann, den Peter mit der Frau an dem Grab gesehen hatte. »Um Himmels willen«, rief er. »Was ist denn hier passiert?«

»Können Sie mich raufziehen?«, ächzte Peter. »Schnell. Ich kann mich nicht mehr lange halten.«

»Ja ... Moment ... gleich.« Der Mann sah sich hektisch um. Dann fiel sein Blick auf das Zaunteil, das ein Stück neben dem Zweiten Detektiv in die Tiefe baumelte. Er rannte nach links, packte die Drahtbahn und schwang sie Richtung Peter. »Versuch sie zu fassen und dich festzuhalten.«

»Alles klar.« Peter drehte sich vorsichtig zur Seite.

»Warte, gleich.« Der Mann schwang immer stärker.

»Schnell.« Peter starrte auf das Bäumchen. Jeden Moment würde es aus der Erde reißen.

»Jetzt!«

Mit einem hässlichen Knirschen lösten sich Pflanze, Steine und Erde. Peter fiel nach unten, erwischte aber mit der freien Hand gerade noch das Ende des Zauns. Mit aller Kraft klammerte er sich daran fest, schwang sich vor und schlug auch die andere Hand in die Maschen.

»Peter!« Der Erste Detektiv erschien neben dem jungen Mann, dann auch Bob, kurz nach ihm Rick.

»Holt mich rauf. Macht schon!«

Zehn Minuten später saßen die drei Detektive in der kleinen Kapelle. Rick brühte in der Kochecke eine Kanne Tee auf und Peter klaubte die letzten Erdkrümel aus seinen Turnschuhen.

»Also wieder ein Skelett. Hier auf dem Friedhof.« Bob musterte seinen Freund. Bis auf die aufgeschürften Knie und ein paar Schrammen und blaue Flecken war Peter unversehrt. Hose und Sweatshirt waren allerdings völlig verdreckt und an vielen Stellen aufgerissen. »Und eine unmissverständliche Drohung.«

»Danke sehr.« Peter nahm eine Tasse von Rick entgegen.

»Der Tee braucht noch drei Minuten.« Der Friedhofswärter reichte auch Justus und Bob eine Tasse und setzte sich auf einen der Stühle. »Meine Güte. Das hätte böse ins Auge gehen können. Der Abhang ist enorm steil.«

»Ach was.« Peter lächelte dünn.

»So eine Gestalt hätte doch eigentlich irgendjemandem auf dem Friedhof auffallen müssen.« Rick schüttelte den Kopf. »Und du konntest nichts erkennen? Mann, Frau, jung, alt?«

»Groß, schlank, Totenkopfmaske. Dann hatte ich tatsächlich andere Sorgen.«

»Natürlich. Blöde Frage.« Rick schaute zerknirscht in seine leere Teetasse. »Dieser verdammte Zaun. Den wollte ich schon längst repariert haben. Sorry, Peter.«

»Du konntest ja nicht wissen, dass auf einmal ein Irrer auftaucht, der mich da runterstößt.«

»Trotzdem.« Rick kniff die Lippen zusammen. »Aber sagt mal: Drohung? In was seid ihr da reingeraten?«

Die drei Jungen setzten den Friedhofswärter kurz über die Ereignisse ins Bild, verrieten aber dabei nur so viel, wie es ihnen im Augenblick angebracht erschien.

Rick kratzte sich an der Schläfe. »Donnerwetter. Das ist ja mal 'ne Geschichte. Und ihr seid so richtige Detektive?«

Justus reichte ihm eine ihrer Karten. »Hier, bitte sehr.«

»Die drei ???«, las Rick. »Sieh mal einer an.«

»Und tatsächlich«, fuhr Justus fort, »sind wir heute zu dir gekommen, weil wir in dieser Angelegenheit einige Fragen an dich hätten.«

»Okay.« Rick holte die Kanne und goss den Jungen Tee ein. »Schieß los.«

Rick Turners Tätigkeit auf Prayer's Hill entsprach in etwa dem, was Peter seinen Freunden schon erzählt hatte. Er war seit über zwanzig Jahren für alles zuständig, was auf dem Friedhof anfiel: Gräber ausheben und wieder zuschütten, die Wege in Schuss halten, Büsche und Bäume beschneiden, Kreuze anfertigen und nach Vorgabe beschriften, Unkraut jäten und so weiter.

»Und immer, wenn ich kann, bin ich auch bei einem Begräbnis dabei. Zumindest im Hintergrund.« Rick nahm einen Schluck Tee. »Irgendwie bringt mich das jedes Mal runter. Erinnert mich daran, dass wir alle nicht allzu viel Zeit auf diesem wunderschönen Planeten verbringen dürfen und diese kurze Zeit möglichst genießen sollten.«

Peter hob seine Tasse. »Darauf trinke ich.«

»Zu den Gräbern noch.« Justus stellte seinen Tee ab. »Das mit dem Brand vor zehn Jahren wissen wir bereits. Gibt es tatsächlich nirgendwo mehr verlässliche Aufzeichnungen über Gräber, die älter als zehn Jahre sind?«

»Nein. Ich kann aus dem Gedächtnis noch ein paar der alten Gräber zuordnen, aber ansonsten habe ich da gründliche Arbeit geleistet.«

Bob stutzte. »Gründliche Arbeit geleistet?«

Rick verzog das Gesicht zu einer schuldbewussten Grimasse. »Habe damals wohl eine Zigarette nicht ordentlich ausgedrückt und schlampig in den Aschenbecher gelegt. Zum Glück war ich noch auf dem Friedhof zugange und habe die Flammen bemerkt, bevor die ganze Kapelle in Schutt und Asche lag.«

Peter grinste. »Und du hast trotzdem den Job behalten?«

Rick grinste zurück. »Will wohl kein anderer machen, wie's aussieht.«

Justus überlegte kurz, entschloss sich dann aber doch, die Frage zu stellen, die er im Kopf hatte. »Sagt dir der Name Wade etwas, Linus Wade?«

Rick dachte nach. »Wade, Wade, Wade. Nein, das sagt mir nichts. Aber der Name Linus ist mir schon mal untergekommen.«

»Tatsächlich?«

»Ja. Ist schon ewig her. Ein kleiner, süßer Junge und seine Mutter, die ihren Vater und Mann begraben haben. Und der war so unendlich traurig, der Kleine.« Rick lächelte schmerzlich. »Ich kann mich an den Namen erinnern, weil er mir so gut gefallen hat. Und weil der Junge sein Kuscheltier in das offene Grab geworfen hat. Wollte wohl, dass es bei seinem Daddy im Himmel ist.« Er sah betrübt zu Boden.

»Aber der hieß nicht Wade?«, hakte Bob nach.

»Ich weiß es nicht mehr. Ich kann mich nur noch an den Vornamen erinnern.«

»Und das Grab? Weißt du noch, welches Grab das war?«

Rick zuckte die Achseln. »Keine Ahnung.«

Justus' Handy klingelte. Der Erste Detektiv schaute aufs Display. Linus.

»Ich muss da mal kurz rangehen.« Justus stand auf und verließ die Kapelle. Eine Minute später war er schon wieder da. »Wir müssen los, Kollegen. Jetzt gleich.«

»Was ist denn?«, fragte Peter. »Ist was passiert?«

»Erzähle ich euch unterwegs.«

Sie verabschiedeten sich von Rick und liefen zurück zum Auto. Dabei informierte Justus seine Freunde, dass Neely, der Mann, den sie gestern Abend am Gartenzaun vor Zimmermans Haus angetroffen hatten, den Hypnotiseur kontaktiert hatte, der ihm das Rauchen abgewöhnt hatte.

»Und offenbar hat Neely die Sachlage so dramatisch geschildert, dass der Therapeut sehr kurzfristig einen Termin für eine Sitzung einrichten konnte.« Justus sah auf seine Uhr. »In einer knappen Stunde kommt der Mann zu Linus nach Hause.«

»In einer Stunde schon? Und nach Hause?«, wunderte sich Bob. »Wieso hypnotisiert er Linus nicht in seiner Praxis?«

»Das sei in seiner Wohnung sinnvoller, weil die Begegnungen mit dem Skelett vor allem dort stattgefunden haben.«

»Und wo gehen wir jetzt hin?« Peter spürte, wie sein rechtes Knie wieder anfing zu pochen. Er wäre gerne noch ein bisschen auf dem Stuhl in der Kapelle sitzen geblieben.

»Zu Linus. Ich habe ihn gefragt, ob wir bei der Sitzung dabei sein könnten. Es wäre unseren Ermittlungen durchaus zweckdienlich.«

»Und er war einverstanden?«, fragte Peter erstaunt und schloss zu Justus auf. »Ist ja doch ziemlich persönlich, so eine Hypnose.«

»Er hatte nichts dagegen.«

»Okay.« Peter sah an sich hinab. »Dann würde ich mich aber vorher gerne noch umziehen. So kann ich da nicht hin.«

»Wir fahren zu dir nach Hause, dann gleich zu Linus«, sagte Bob.

Als sie den Käfer des dritten Detektivs erreichten, wartete dort allerdings noch eine unliebsame Überraschung auf sie. Unter dem Scheibenwischer klemmte ein Zettel. Bob holte ihn hervor und drehte ihn um. Auf der Rückseite fanden die drei Jungen das Bild eines verwitterten Grabsteines, auf dem ein Totenkopf mit gekreuzten Säbeln prangte. Darüber standen die Buchstaben *R.I.P.*

»*Rest in peace*, ruhe in Frieden«, sagte Justus mit tonloser Stimme. »Diese Gestalt weiß mehr von uns, als uns lieb sein kann. Zum Beispiel auch, mit welchem Auto wir unterwegs sind.«

Ein Vögelchen brennt

Als die Jungen eine Dreiviertelstunde später bei Linus klingelten, bewegten sich hinter dem Fenster rechts vom Eingang erneut die Gardinen. Zimmerman. Peter verdrehte die Augen. Dann öffnete ihnen Linus die Tür.

Dem jungen Mann war deutlich anzusehen, dass er sich nicht sonderlich wohl fühlte. Sein Gesicht war noch blasser als sonst, seine Augen irrten unruhig hin und her und sein Lächeln wirkte verkrampft. Peter musste daran denken, wie er einmal über Lautsprecher ins Büro des Schuldirektors zitiert worden war, ohne zu wissen, warum. Da hatte er sich wahrscheinlich ähnlich gefühlt. Zu seinem Glück hatte sich die Sache damals als Missverständnis herausgestellt.

»Kommt rauf. Die anderen sind schon da.«

»Die anderen?«, fragte Justus.

»Lorraine und Mr de Jong, der Hypnotiseur.«

»Wie geht es dir?«, fragte Bob, als sie die schmale Treppe hinaufstiegen.

»Geht so.« Ein unentschlossenes Schulterzucken. »Aber vielleicht hilft mir die Sache ja tatsächlich.«

Linus führte sie ins Wohnzimmer. Ein gemütlicher Raum mit großen Fenstern, bequemen Sesseln, einem knautschigen Sofa und jeder Menge Bücher in einem riesigen Regal an der Wand. Jenem Regal, an dem die Jungen vor wenigen Stunden von der Straße aus Mrs Cox gesehen hatten.

Lorraine lümmelte in einem der Sessel. Lila Lackschuhe, lila Lederhose, blaues T-Shirt, auf dem ein Löwenkopf aus hunderten schillernder Pailletten prangte. Sie hob nur kurz den Kopf, als die drei ??? den Raum betraten. Ihr Gesichtsausdruck sprach Bände. Auf ihrer Stirn stand förmlich zu lesen: *Verzieht euch.*

Mr de Jong zog gerade die schweren Vorhänge vor den Fenstern zu. Ein vielleicht fünfzigjähriger Mann mit schmalen Schultern und schwarzem Haar, das an den Schläfen bereits deutlich ergraute. Als er sich umdrehte, musterte er die Jungen aus hellgrauen, eng stehenden Augen und lächelte verhalten. »Ah, die Sekundanten, sehr schön.«

»Guten Tag«, grüßte ihn Justus. Peter und Bob nickten.

De Jong faltete die Hände und räusperte sich umständlich. »Also. Normalerweise habe ich bei meinen Sitzungen ja keine Zuschauer. Aber da Sie, Mr Wade, darauf bestanden haben, will ich mich gerne darauf einlassen und mein Bestes versuchen.« Er ging zum Sofa, rückte es noch ein wenig zurecht und entzündete einen Räucherkegel, der auf dem Wohnzimmertisch in einer kupfernen Schale stand. »Ich würde Sie allerdings alle bitten, auch Sie, Mrs Barnes, dort hinten auf den Stühlen Platz zu nehmen. Und bitte verhalten Sie sich absolut ruhig und unauffällig. Jede Störung kann das Ergebnis der Sitzung empfindlich beeinträchtigen.« De Jong setzte sich in den Sessel neben dem Sofa.

»Was für Tanten?«, flüsterte Peter Justus zu, während sie zu den vier Stühlen gingen, die an der gegenüberliegenden Seite des Raumes vor den Fenstern aufgestellt worden waren. In feinen Schwaden zog der Geruch von Weihrauch durch den Raum.

»Sekundanten. Helfer bei einem Duell.« Der Erste Detektiv fand den Ausdruck ziemlich unpassend.

»Echt jetzt?«, maulte Lorraine. »Und wenn er mich braucht?«

»Bitte.« De Jong wies zu den Stühlen.

»Meinetwegen.« Missmutig erhob sich Lorraine, ging aber noch einmal zu Linus und gab ihm einen Kuss auf die Stirn. »Du kriegst das hin, mein Schatz.«

De Jong wartete noch, bis alle saßen und Linus bequem auf dem Sofa lag. Dann ließ er Stille in den Raum einkehren. Für zwei Minuten sagte und machte er nichts, saß nur mit geschlossenen Augen da und atmete deutlich sichtbar. Ein und wieder aus. Die drei Jungen warfen sich fragende Blicke zu, Lorraine verschränkte gelangweilt die Arme. Schließlich beugte sich de Jong leicht nach vorne und die Hypnosesitzung begann.

»Schließ deine Augen, Linus.«

Linus schluckte und machte die Augen zu. Ganz leicht flatterten seine Lider.

»Achte einzig und allein auf meine Stimme. Konzentriere dich nur darauf und denke an nichts anderes mehr.«

Linus schluckte abermals.

Doch trotz seiner vorherigen Aufregung und seines spürbaren Unbehagens war Linus ein sehr dankbarer Patient. Innerhalb weniger Minuten verlangsamte sich unter dem Einfluss von de Jongs sanfter, monotoner Ansage erst sein Atem, wurde dann immer gleichmäßiger und ruhiger, und schließlich lag Linus völlig entspannt und wie hingegossen auf dem Sofa. Auch Peter wäre fast in Trance gefallen. Oder eingenickt. Bob musste ihn leicht anstupsen, als Peter wie in Zeitlupe gegen seine Schulter kippte. De Jong verstand anscheinend etwas von seinem Geschäft.

Linus und Lorraine hatten den Hypnotiseur ganz offensichtlich vor dem Eintreffen der Jungen eingehend über Linus' Probleme informiert. Denn nach einigen einleitenden Formulierungen lenkte de Jong Linus' Aufmerksamkeit zielsicher dorthin, von wo in den letzten Tagen jene verstörenden und angstvollen Empfindungen aus dessen Unterbewusstsein emporgestiegen waren. »Und nun, Linus, siehst du in weiter Entfernung einen Mann in einem schwarzen Anzug. Er trägt einen Hut mit Blumen.«

Linus' Atem ging sofort etwas schneller.

»Wo befindet sich der Mann? Wohin will er?«

»Ein … ein Fest«, hauchte Linus kaum hörbar. »Viele Menschen. Musik. Farben. Es riecht«, Linus schnupperte zwei-, dreimal, »nach … nach …«

»Weihrauch?«, half ihm de Jong.

»Ja. Weihrauch. Und alle sehen aus wie … wie …« Linus' Augen rollten unter den Lidern wild hin und her. Unverhohlene Angst lag nun in seiner Stimme. »Sie sehen aus wie Skelette. Alle.«

Die drei ??? sahen sich an. Der Día de los Muertos? Sah er den Día de los Muertos?

»Bleib ganz ruhig, Linus. Diese Menschen sind alle weit weg. Du bist in Sicherheit, dir kann nichts geschehen. Und das sind keine Skelette. Nur verkleidete Menschen.« De Jong sprach ruhig und gelassen und nach einiger Zeit beruhigte sich Linus wieder. »Nun folgen wir dem Mann, Linus. In einem großen Abstand. Er sieht dich nicht, er weiß nicht, dass du da bist. Der Mann verlässt die Stadt und …«

»… geht auf einen Friedhof«, wisperte Linus. Erste Schweißtropfen erschienen auf seiner Stirn. Der Zeigefinger seiner rechten Hand zuckte.

»Auf einen Friedhof?«

»Viele Gräber und Kreuze.« Linus nickte angestrengt. »Und … und der Hahn ist auch da, der Freund vom Storch. Weit oben, auf dem Dach.«

»Wie sieht dieser Hahn aus?«, fragte de Jong, während es Peter kaum noch auf seinem Stuhl hielt. Hahn und Storch auf einem Dach. Das musste die Kapelle auf Prayer's Hill sein. Linus' Unterbewusstsein hatte ihn auf Prayer's Hill geführt.

»Braun. Oder schwarz. Und er dreht sich im Kreis. Immer im Kreis. Mir wird ganz schwindelig.«

Prayer's Hill, kein Zweifel. Der Wetterhahn, den der Wind im Kreis herumschubst.

»Dann sieh jetzt wieder nach unten, Linus«, sagte de Jong. »Ist noch jemand bei dir auf diesem Friedhof?«

»Mum.« Ein einziges, trauriges Wort.

»Deine Mum ist bei dir, sehr schön. Und sonst ist im Augenblick niemand da?«

»Mummy weint … und wirft mit Blumen.« Jetzt geschah etwas mit Linus. Mit jeder Minute wurde er noch unruhiger und sprach gleichzeitig mit einer veränderten Stimme. Einer höheren, jüngeren Stimme, der Stimme eines Kindes. »Jumpy ist auch da, mein lieber Jumpy. Aber Jumpy hat Penzitis.«

De Jong hob die Augenbrauen. »Jumpy? Heißt so der Mann, dem du auf den Friedhof gefolgt bist? Das Skelett? Und er hat Penzitis? Was ist denn das?«

»Jumpy ist bei Daddy. Sie sitzen auf einer Wolke. Nebeneinander.« Linus' Brustkorb hob und senkte sich immer stärker. Sein Mund stand weit offen, Schweiß rann ihm in einem feinen Rinnsal von der Schläfe.

»Das sieht nicht gut aus«, flüsterte Bob.

De Jong fuhr herum, sah den dritten Detektiv böse an und schüttelte heftig mit dem Kopf. Bob nickte entschuldigend und senkte den Blick.

»Linus, wo genau bist du jetzt? Was siehst du?«

»Grab. Daddys Grab. Ich sehe Daddys Grab.«

»Das Grab von deinem Daddy. Und wie sieht es aus? Was ist da?«

»Mummy ist da. Und Blumen. Und Jumpy. Und ein Mann mit einem Vögelchen.« Linus konnte nicht mehr ruhig liegen bleiben. Sein Kopf schlug hin und her, er begann zu keuchen und seine Hände griffen immer wieder in die Luft.

»Ein Vögelchen ist auch da? Was für ein Vögelchen?«

»Sitzt auf dem Kreuz. Eins, zwei, drei, vier, acht, fünf, zehn.«

»Singt das Vögelchen die Zahlen?«

»Eins, fünf, neun, vier, drei, zehn, hundert.« Linus wurde immer lauter, warf sich auf dem Sofa hin und her.

»Linus, beruhige dich. Alles ist gut.«

»Das Vögelchen brennt! Es brennt! Es brennt!« Mit einem gellenden Schrei fuhr Linus hoch, riss die Augen auf und blickte wie ein gehetztes Tier um sich.

Die Heimat der Kojoten

Lorraine sprang auf und eilte zu ihrem Freund. Sie versuchte ihn im Liegen zu umarmen und strich ihm dann sanft über den Kopf. »Liebling, ich bin hier. Ich bin bei dir. Beruhige dich. Es ist alles gut. Alles ist in Ordnung.«

Aber noch schien Linus weder sie noch überhaupt irgendjemanden wahrzunehmen. Immer noch jagten seine Blicke orientierungslos durch den Raum. Sein Hemd klebte ihm schweißnass am Körper und er atmete nach wie vor viel zu schnell.

»Liebling, alles gut. Komm zu dir.«

Die drei Jungen hatten sich ebenfalls von ihren Stühlen erhoben und waren vorsichtig näher gekommen. Sie hätten gerne geholfen, wussten aber nicht, wie.

»Darf ich mal.« De Jong stand auf und schob Lorraine sachte zur Seite. Die junge Frau ließ das ohne Murren geschehen, behielt ihren Freund aber fest im Blick.

»Linus, sehen Sie mich an.« De Jong brachte sein Gesicht

genau vor das von Linus. Ihre Nasenspitzen waren nur zwei Handbreit voneinander entfernt. »Linus, schau mich an.«

Die wirren Blicke von Linus beschrieben einen kleineren Radius, sein Atem verlangsamte sich ein wenig.

»Sie sind wieder in Ihrer Wohnung, Mr Wade. Zu Hause. Ihre Freundin ist hier. Beruhigen Sie sich. Es ist alles in Ordnung. Sie sind in Sicherheit.«

Linus zuckte ein Stück zurück, starrte de Jong nun aus kurzer Distanz genau in die Augen. Für einen Moment hörte er sogar auf zu atmen. »Wo … bin ich? Was … ist passiert?«

»Wir hatten eine Hypnosesitzung. Und Sie sind sehr tief in Ihr Unterbewusstsein eingetaucht.«

»Hypnose?« Linus furchte die Stirn. »Ah ja. Ja. Ich erinnere mich. Hypnose.« Sein Blick streifte die drei Jungen und blieb an Lorraine hängen.

»Liebling. Geht es dir wieder gut?« Die junge Frau nahm seine Hand.

»Ich … ich bin müde. Sehr müde.« Linus fuhr sich mit der anderen Hand über das Gesicht.

»Sie ruhen sich am besten jetzt erst einmal ordentlich aus. So eine Erfahrung kann einen ganz schön mitnehmen.« De Jong richtete sich auf und trat einen Schritt zurück. »Schlafen Sie, trinken Sie viel, erholen Sie sich. Aber wir sollten das unbedingt in naher Zukunft wiederholen. In Ihrem Unterbewusstsein gibt es eine Menge aufzuräumen.«

Linus nickte abwesend und hob die Beine vom Sofa. Schwankend erhob er sich, Lorraine musste ihn dabei stützen.

»Rufen Sie mich an, sobald Sie so weit sind. Aber wir sollten wirklich nicht zu lange warten.« De Jong knöpfte seine Jacke zu. »Ich überlasse Sie nun der Fürsorge Ihrer Freundin. Wir sehen uns.« Der Hypnotiseur verabschiedete sich.

»Und ihr macht euch jetzt auch vom Acker«, raunzte Lorraine die drei ??? an. »Linus braucht Ruhe, das seht ihr doch.«

Justus ließ sich nicht provozieren. »Linus, alles in Ordnung? Möchtest du, dass wir noch bleiben?«

Linus lächelte erschöpft. »Im Augenblick nicht, danke. Ich bin wirklich fix und fertig. Wir telefonieren, ja?«

»Das machen wir.« Die Jungen verließen die Wohnung.

Aber kaum dass die Haustür hinter ihnen ins Schloss gefallen war, konnte Peter nicht mehr an sich halten. »Was war das denn, Kollegen?«, regte er sich auf. »Ich habe zwar keine Ahnung vom Hypnotisieren, aber das war doch nicht gesund, oder? Ist das immer so bei einer Hypnose? Linus stand ja kurz vorm Herzinfarkt.«

Justus wirkte unschlüssig. »In Abhängigkeit von den seelischen und psychischen Traumata, die bei einer solchen Sitzung zutage gefördert werden, können die Reaktionen der Patienten durchaus heftig sein und auch eskalieren. Aber ich hätte ebenfalls gedacht, dass de Jong früher eingreift und dafür sorgt, dass Linus sich nicht so hineinsteigert.«

»Ganz deiner Meinung. Manno.« Peter beruhigte sich nur langsam. Was vielleicht auch daran lag, dass er in einem zurückliegenden Fall selbst sehr unliebsame Erfahrungen mit Hypnose gemacht hatte.

Bob umrundete seinen Käfer und ließ seine Freunde einsteigen. »Aber das, was Linus während der Sitzung von sich gegeben hat, war trotzdem äußerst interessant.«

Justus nickte. »Das Skelett hat sein Unterbewusstsein geradewegs nach Prayer's Hill geführt.«

»Der Hahn, der Storch, die Kreuze. Kein Zweifel, das war Prayer's Hill.« Peter beugte sich von der Rückbank nach vorne. »Kann ich das Radio anmachen? Ich brauche jetzt ein bisschen Gedudel. Irgendwas Fröhliches.« Er schaltete das Autoradio ein und suchte einen Sender. Bei einem quirligen Popsong blieb er hängen. »Das ist genau das Richtige.«

»Aber ein bisschen leiser.« Justus drehte am Lautstärkeknopf. »Und das war nicht irgendeine Szene auf Prayer's Hill. Das war das Begräbnis seines Vaters.«

»Seine Mum war da und weinte. Und warf Blumen«, wiederholte Bob, was sie in der Sitzung gehört hatten.

»Genau. Interessant ist, dass sich Linus bei der Erinnerung an das Begräbnis wieder in einen kleinen Jungen verwandelt hat.«

»Du meinst die Sache mit der Stimme, nicht wahr?«, sagte Bob. »An einem bestimmten Zeitpunkt in der Hypnose hat sich seine Tonlage verändert und auch die Art, wie er geredet hat. Aus Mum wurde plötzlich Mummy und seine Sätze waren, wie soll ich sagen? Wie bei einem Kind eben.«

»Ab dem Zeitpunkt hat aus ihm der kleine Linus gesprochen, der vor dem Grab seines Vaters stand. Und dann war da noch dieser kindliche Kosename. Jumpy. Der Penzitis hatte.«

»Vielleicht sprach er von Jumpy, dem Buschkänguru«, witzelte Peter. »Was auch immer Jumpy mit dem Begräbnis zu tun hatte.«

Justus drehte sich nach hinten. »Bitte was?«

»Jumpy, das Buschkänguru? Sag bloß, du kennst Jumpy, das Buschkänguru, nicht?« Peter fing an, eine lustige Melodie zu summen.

»Ich habe keine Ahnung, wovon du sprichst.«

»Diese Fernsehserie für Kinder? Nicky und sein Freund Jumpy, die in Australien viele Abenteuer bestehen müssen? Da klingelt nichts bei dir?«

Justus schüttelte den Kopf.

Peter verdrehte die Augen. »Schon klar. Klein Justus saß um diese Zeit immer hinter einem dicken Wälzer und lernte Wörter wie *Sekundanten* und *eskalieren* auswendig.«

»Was uns zu dem Begriff *Penzitis* führt«, erwiderte der Erste Detektiv ungerührt. »Wenn man nämlich das sicher begrenzte Vokabular eines kleinen Jungen und die daraus resultierenden Informationsverluste bei der Wahrnehmung eines ihm unbekannten Wortes berücksichtigt, die wiederum zur Folge haben, dass er so ein Wort –«

Peter machte ein lautes Schnarchgeräusch.

»Was?«, knurrte Justus.

»Gibt es die Erklärung auch für Leute, die Jumpy, das Buschkänguru, gesehen haben?«

Die Miene des Ersten Detektivs verfinsterte sich. »Kleine Kinder geben Wörter, die sie nicht kennen, oft anders wieder.

Weswegen Penzitis vielleicht in Wirklichkeit Appendizitis heißen könnte.«

»Na, geht doch. Und was ist dieses Appendizidingens?«

»Eine Blinddarmentzündung«, sagte Bob. »Appendizitis. Meine Mutter war deswegen mal im Krankenhaus.«

Der Zweite Detektiv nickte, sah dabei aber nicht so aus, als wäre er nun schlauer. »Okay. Das heißt, wir haben vielleicht ein Buschkänguru mit Blinddarmentzündung, das auf Daddys Beerdigung war.« Er blickte von einem zum anderen. »Hilft euch das irgendwie weiter? Mir nicht. Und dann wäre da ja auch noch das brennende Vögelchen auf dem Kreuz. Vielleicht der Brand der Kapelle und ein Storch, der in Flammen aufging?«

Justus wandte sich erneut nach hinten und sah seinen Freund verdattert an.

»Nur so 'ne Idee.«

»Aber keine wirklich überzeugende. Die Kapelle brannte vor gut zehn Jahren, der Vater starb lange davor. Und ein Storch ist nun wahrhaftig kein Vögelchen.«

»Ja, schon klar. Aber was meinte er dann damit? Und was sollte dieses Zahlendurcheinander? Eins, zwei, sieben, hundert, viele? Ich habe wirklich nicht den leisesten Schimmer, was das alles zu bedeuten hat.«

Justus klappte die Sonnenblende nach unten, weil ihm die tief stehende Sonne genau ins Gesicht schien. »Beides erschließt sich mir im Augenblick ebenfalls noch nicht.«

»Da bin ich ja beruhigt.«

»Aber vielleicht ist eine andere Frage im Moment viel wichtiger: Warum beschäftigt Linus das Begräbnis seines Vaters nach so langer Zeit immer noch so sehr? Linus muss damals vier oder fünf Jahre alt gewesen sein, da wären bei den meisten Menschen die Erinnerungen längst verblasst.« Der Erste Detektiv knetete erneut seine Unterlippe. »Es sei denn …«

»Worüber denkst du nach?«, erkundigte sich Bob.

Justus hob den Daumen, um anzudeuten, dass er etwas aufzählte. »Einbrecher suchen aller Wahrscheinlichkeit nach auf Prayer's Hill nach einem Grab.« Er fuhr den Zeigefinger aus. »Einbrecher verlieren Bonbons, die es nicht zu kaufen gibt.« Mittelfinger. »Die Verpackung eines dieser Bonbons liegt bei Linus nach dem Besuch eines Skeletts im Flur.« Ringfinger. »Das Skelett führt Linus' Unterbewusstsein nach Prayer's Hill.« Kleiner Finger. »Linus geht immer noch das Begräbnis seines Vaters im Kopf herum.« Justus streckte seinen Freunden die offene Hand entgegen und sah sie vielsagend an.

»Du denkst, dass es bei dem Einbruch um das Grab des Vaters ging?« Bob nickte und gab sich die Antwort gleich selbst. »Da könnte was dran sein. Jedenfalls wäre es sehr verwunderlich, wenn es da nicht irgendeinen Zusammenhang gäbe.« Er setzte den Blinker. »In die Zentrale, oder?«

Der Erste Detektiv sah auf seine Uhr. 20.30 Uhr. »Ja. Wir müssen einiges überprüfen. Und morgen früh fahren wir als Erstes zum Stadtarchiv. Vielleicht finden wir dort doch noch Informationen, die uns weiterbringen. Anschließend knöpfen wir uns diese Mrs Cox einmal –«

»Schtt, Just. Sei mal leise.« Peter griff nach vorne und drehte das Radio lauter. »Der Moderator hat gerade irgendwas von einem Kojoten gesagt.«

»… Nach der Verteilaktion mit den superleckeren Bonbons von vorgestern – ich hab das Zeug immer noch zwischen den Zähnen hängen, haha – und der Preisverleihung für das schönste mexikanische Kostüm gestern gibt es heute Abend zum Abschluss der Eröffnungsfeierlichkeiten ein megagalaktisches Feuerwerk. Um 21.30 Uhr soll's losgehen. Also, Leute. Wer Lust auf Spektakel am Himmel und leckeres Essen hat, kommt heute Abend ins *El Cojote*, das neue mexikanische Restaurant am Fisherman's Pier. Das wird sicher …«

Justus drehte das Radio leiser. »*El Cojote*.« Ein Lächeln huschte über sein Gesicht. »EC. Ein mexikanisches Restaurant, das vor zwei Tagen neu eröffnet hat, und eine Bonbon-Verteilaktion. Die Farben Mexikos sind Grün, Weiß und Rot. Ihr wisst, was das zu bedeuten hat, Kollegen?«

Peters Blick ließ nicht darauf schließen. »Ehrlich gesagt, nein. Wir wissen jetzt vielleicht, woher die Bonbons kommen und wieso man sie nirgends kaufen kann. Aber wenn die Bonbons einfach so verteilt wurden, können hunderte von Leuten sie in der Tasche mit sich herumgetragen haben.«

Justus schmunzelte. »Du hast nicht genau genug zugehört, Zweiter.«

In der Falle

»*Nicht genau genug zugehört*?« Peter runzelte die Stirn. »Was habe ich denn nicht mitbekommen?«

»Dritter, Kursänderung. Wir fahren zum Fisherman's Pier.« Justus drehte sich zu Peter um. »Die Bonbon-Verteilaktion war vorgestern.«

Kurz überlegte der Zweite Detektiv, dann hellte sich sein Gesicht auf. »Und der Einbruch vor fast zwei Wochen! Das heißt, die Typen müssen irgendwie vorher an die Bonbons gekommen sein. Wahrscheinlich, weil sie dort arbeiten.«

»Ganz genau. Außerdem bekommt vermutlich kein Gast so viele Bonbons auf einmal geschenkt, wie dem Kerl in der Kapelle aus der Tasche gefallen sind. Auch das spricht für einen Mitarbeiter des Restaurants.«

Zwanzig Minuten später parkte der dritte Detektiv sein Auto auf dem Seitenstreifen der Küstenstraße zwischen Rocky Beach und Pacific Palisades. Draußen auf dem Meer versank die

Sonne in einem blutroten Nebel und zauberte ein magisches Lichterspiel an den Himmel.

Der Pier war so etwas wie die Miniatur-Ausgabe des weltberühmten Santa Monica Pier. Ein breiter Holzsteg mit Geländer, auf dem sich ein paar Verkaufsstände und Buden befanden. Und weit hinten, fast an seinem Ende, ein größeres Gebäude, das ebenfalls ganz aus Holz bestand. Der flache Bau mit den großen Fenstern, dem gewaltigen Schornstein aus Edelstahl auf dem Dach und den Tischen und Bänken, die sich auf dem Pier verteilten, hatte schon einige Restaurants kommen und gehen sehen. Zuletzt ein chinesisches Restaurant, das *Happy China*, in dem sich auch die drei Jungen hin und wieder einen Imbiss geholt hatten. Jetzt war das Haus in Grün, Weiß und Rot gestrichen und eine grelle Neontafel, die sich langsam auf dem Dach drehte, plärrte den Namen des Restaurants in alle Himmelsrichtungen: *El Coyote*.

»Und wonach suchen wir jetzt?«, fragte Peter, als sie auf den kleinen Kiesstrand vor dem Pier einbogen. »Ich habe die Typen aus der Kapelle damals ja nur als Schatten gesehen.«

»Wir sehen uns einfach mal um. Vielleicht ergibt sich –«

»Kollegen!«, stieß Bob auf einmal hervor und wandte sich abrupt ab. »Umdrehen. Schnell.«

Justus und Peter befolgten die Anweisung sofort. Bob sagte so etwas nicht ohne Grund.

»Was ist los?«

»Da vorne. Auf ein Uhr. Zimmerman.«

»Zimmerman? Hier?« Peter war völlig baff. »Es ist schon

kaum zu glauben, dass dieser Stinkstiefel überhaupt mal seine vier Wände verlässt. Aber hierher? Er kommt hierher?«

»Das kann kein Zufall sein«, war sich Justus sicher. »Unmöglich. Los, Kollegen, wir folgen ihm unauffällig.«

Die drei Jungen lugten vorsichtig über die Schulter. Zimmerman betrat gerade den Pier. Er hatte sie allem Anschein nach nicht bemerkt und blickte nach vorn, Richtung Meer.

»Der ist doch nicht hier, um sich das Feuerwerk anzugucken«, sagte Peter, der wie seine Freunde etwas geduckt ging und darauf vorbereitet war, sich jederzeit erneut umdrehen zu müssen. »Und wie der typische Burrito- oder Enchilada-Fan kommt er mir auch nicht vor.«

»Ich habe eher den Eindruck, dass er nach etwas sucht«, stellte Justus fest. »Er sieht nur nach vorne, in eine ganz bestimmte Richtung, und reckt ab und zu den Kopf. Außerdem hat er es ganz schön eilig.«

Die Laternen auf dem Pier gingen an. Goldgelbes Licht flutete den hölzernen Steg und breitete einen magischen Schleier über die Aufbauten, die Menschen und das angrenzende Wasser. Leise schwappten die Wellen gegen die dicken, mit Tang überzogenen Pfähle, auf denen der Pier ruhte.

»Da. Er geht nicht ins Restaurant, sondern links daran vorbei.« Bob nickte nach vorne.

»Vielleicht haben die auf der Rückseite noch eine Terrasse.« Peter trat einen Schritt zur Seite und ließ mit einer galanten Geste zwei hübsche Mädchen passieren, die ihn kurz ansahen und dann loskicherten.

»Zimmerman bleibt stehen.« Justus hielt ebenfalls an. »Und drückt sich an eine Trennwand. Was macht er da?«

Ein schmaler Holzversprung, eine Art Sichtschutz, der im rechten Winkel zur Wand des Restaurants angebracht war, verengte dort vorne den Durchgang zwischen Restaurant und Geländer. Zimmerman kauerte direkt davor und schien das Ohr an die Trennwand zu legen. Was sich dahinter befand, war nicht zu erkennen.

Bob stellte sich auf die Zehenspitzen. »Ich glaube, dahinter ist eine Tür oder so. Seht ihr das erleuchtete Viereck, das neben der Trennwand auf den Pier fällt? Vielleicht eine Art Personalausgang. Und jetzt ist das Licht wieder weg.«

»Wir müssen näher ran.« Justus sah sich nach einer Möglichkeit um. »Vielleicht die Mülltonne dort.« Er deutete auf eine schwarze Tonne, die etwa drei Meter vor Zimmerman an der Wand des Restaurants stand.

Bob schüttelte den Kopf. »Da passen wir niemals alle drei dahinter. Höchstens einer von uns.«

»Ich gehe«, entschied Peter. »Wenn wir hier wirklich die Kerle von der Kapelle finden, habe ich die zumindest schon mal als Schatten gesehen. Außerdem bin ich am gelenkigsten.« Er grinste und schlich nach vorne. Justus und Bob suchten sich einen Platz, von dem aus sie ihren Freund möglichst gut, aber unauffällig im Blick hatten.

Der Zweite Detektiv bewegte sich vorsichtig auf Zimmerman zu und nutzte dabei andere Personen als Deckung. Aber schon bald merkte er, dass sich Zimmerman ausschließlich für das interessierte, was hinter der Trennwand war. Peter erhöhte sein Tempo und kam ohne Zwischenfälle bei der metallenen Mülltonne an. Er ging in die Hocke, lehnte sich an die Hauswand und schob seinen Kopf nur so weit über den Deckel, dass er Zimmerman sehen konnte.

Dumpf drang Küchenlärm zum Zweiten Detektiv. Geschirr, das klapperte, ein Wasserhahn, der lief, irgendetwas brutzelte in einer Pfanne. Als sich die Tür hinter der Trennwand ein weiteres Mal öffnete und wieder Licht auf den Pier fiel, wurden die Geräusche kurz lauter. Dann fiel die Tür erneut ins Schloss.

Plötzlich bemerkte Peter den Zigarettenrauch, der sich hinter der Trennwand in den dämmrigen Abendhimmel schlängelte. Und kurz darauf hörte er zwei Stimmen. Sie flüsterten nur, waren aber einigermaßen deutlich zu verstehen.

»Na endlich, Quaid. Was war denn?«

»Mach keine Welle, Aikju. Ich bin noch neu hier und muss zumindest so tun, als würde ich was arbeiten.«

Aikju! Peter lief ein Schauer über den Rücken. Einer der Männer, die in die Kapelle eingebrochen waren. Blöd, dass er niemanden sehen konnte.

»Hör zu. Sonja hat Elis Grab gefunden. Sie hat mich eben angerufen.«

»Echt? Wow! Wie hat sie das denn hingekriegt?«

»Auf einem der Fotos war doch was zu erkennen. Erzähl ich dir nachher. Wir ziehen die Sache heute Nacht durch. Dann hat dieser verdammte Albtraum nach 15 Jahren endlich ein Ende und wir bekommen das, was uns –«

Die Tür öffnete sich wieder, Licht ergoss sich über den Pier.

»Sag mal, Quaid, machst du jetzt alle fünf Minuten Zigarettenpause, oder was?« Ein dritter Mann, laut und deutlich zu verstehen und ziemlich verärgert. Peter sagte die Stimme nichts.

»Reg dich ab, Joe. Ich komme ja gleich.«

Neely! In normaler Lautstärke erkannte Peter diese Stimme jetzt: Das war der Typ, den sie vor Linus' Haus getroffen hatten! James Neely. Wieso hieß er auf einmal Quaid? Vielleicht ein Spitzname.

»Aber zackig. Der Abwasch erledigt sich nicht von alleine.«

Das Viereck aus Licht wurde kleiner und die Tür schloss sich.

»Mann, bin ich froh, wenn ich diesen beknackten Job endlich los bin. Komm mit«, sagte Neely. »Dahinten können wir das besser bequatschen.«

Schritte entfernten sich und über die Holzbohlen des Piers flossen zwei Schatten, die sich langsam zum Ende des Stegs bewegten. Zimmerman wartete noch – nach Peters Geschmack viel zu lange –, dann ging er an der Trennwand vorbei und folgte den beiden Männern. Der Zweite Detektiv kam hinter seiner Mülltonne hervor und schlich Zimmerman nach. Jetzt sah er auch die beiden Männer, aber nur von hinten und als dunkle Silhouetten.

Nach wenigen Metern öffnete einer der beiden mit einem Schlüssel ein Gittertor in einem schmalen Zaun, der sich zwischen Haus und Geländer erstreckte. Vermutlich grenzte er einen Bereich ab, den Unbefugte nicht betreten sollten. Zimmerman erwischte das Tor, bevor es wieder ins Schloss fiel, und Peter gelang das Gleiche hinter dem Alten. Der Zweite Detektiv ließ das Tor hinter sich anschließend auch nicht zuschnappen, sondern lehnte es behutsam an. Sicherheitshalber.

Sie erreichten schließlich eine große Terrasse auf der Rückseite des Gebäudes. Aller möglicher Krimskrams stand hier herum, den die rückwärtigen Fenster des Restaurants in mattes Licht tauchten.

Die Männer lehnten mit dem Rücken zu Peter am Geländer und schauten aufs Meer. Einer von ihnen schnippte gerade seine Zigarette ins Wasser. Zimmerman fand Deckung hinter einem Stapel Plastikstühle, Peter kroch unbemerkt zu einer Ansammlung großer Blecheimer. Die Etiketten zeigten Tomaten, Bohnen und Mais.

»Ich kann's noch gar nicht fassen.« Neely. Peter erkannte ihn nun auch, wenn er flüsterte. »15 Jahre nach dieser Katastrophe in El Pueblo holen wir uns endlich unsere Diamanten zurück. Wahnsinn.«

»Unser Aufwand hat sich gelohnt.« Auch Aikju sprach wieder leise. Unmöglich zu sagen, wie er wirklich klang. »Und das, obwohl die ganze Schmierenkomödie mit den Skeletten und dem Psychokram letztlich gar nichts gebracht hat.«

»Aber die Idee war genial.« Neely klopfte dem anderen auf den Rücken. »Und auch der Rest war alles dein Plan, dein Superhirn hat das ausgeheckt.« Er lachte heiser. »Wie machen wir's heute Nacht?«

»Wie lange geht deine Schicht?«

»Bis halb zwölf.«

»Okay. Die bringst du zu Ende. Ich möchte kein Risiko eingehen. Dann fahren wir raus. Ich habe alles im Auto, was wir brauchen.«

»Und Sonja?«

»Stößt da draußen zu uns.«

»Und sie hat das echt auf einem Foto gefunden? Die hatte sie sich doch schon x-mal angesehen und bis jetzt nie –«

Ein Windstoß drückte die Gittertür mit einem leisen Klicken ins Schloss. Peter zuckte zusammen. Mist!

»Die Tür!«, zischte Neely.

»Was ist damit?«

»Die schließt sonst immer von alleine. Warum fällt die erst jetzt ins Schloss?«

Beide Männer wirbelten herum. Peter zog sofort den Kopf ein. Adrenalin schoss in einer heißen Welle durch seinen Körper. Verdammt. Wenn sie jetzt nach ihm suchten, dann …

Der Zweite Detektiv veränderte seine Position, um schneller flüchten zu können. Doch dabei stieß er mit dem rechten Fuß an einen der Eimer. Reflexartig griff Peter danach, aber es war zu spät. Mit einem lauten Scheppern knallte der Behälter auf die Holzbretter.

»Da ist jemand!« Neely rannte auf ihn zu.

Peter hatte keine Wahl. Er drückte sich vom Boden ab, sauste auf die Brüstung zu und sprang mit einem gewaltigen Satz über das Geländer ins Wasser. Im gleichen Augenblick zerriss ein donnernder Knall die Luft.

Blicke in die Vergangenheit

»Das war doch – Peter! Hast du das gesehen, Just?« Bob deutete aufgeregt zum Ende des Piers, über dem nun unter ohrenbetäubendem Getöse eine Farbenexplosion die andere ablöste. Das Feuerwerk begann.

Der Erste Detektiv eilte zum Geländer und suchte das bunt schillernde Wasser unter sich ab. Sie waren Peter noch ein gutes Stück gefolgt, hatten sich dann aber in der Nähe des Restauranteingangs hinter ein Münz-Teleskop gestellt und von dort aus beobachtet, was geschah. Als Peter durch das Gittertor getreten war, hatten sie ihn jedoch aus den Augen verloren. Bis er auf einmal mit diesem Riesensatz ins Wasser gesprungen war.

»Siehst du ihn? Ist er schon aufgetaucht?« Bob hing nun auch weit über der Brüstung und musste bei dem ganzen Krach fast schreien.

»Nein.« Justus schaute zum Ende des Piers. Hinter dem Zaun standen zwei Männer am Geländer und suchten ebenfalls das Wasser ab. Genaueres konnte er nicht erkennen.

»Da!« Bob zeigte Richtung Strand. »Da vorne ist er.«

Peters Kopf brach dicht neben dem Pier durch die Wasseroberfläche. Er war beinahe die halbe Länge des Piers zurück zum Ufer getaucht – von den Männern unbemerkt, wie der Zweite Detektiv mit einem kurzen Blick nach hinten feststellte. Mit kraftvollen Armzügen kraulte er zum Strand.

»Komm mit.« Der Erste Detektiv rannte los, Bob folgte auf dem Fuß.

Als Peter in der Nähe einer Strandlaterne aus dem Wasser watete, standen Justus und Bob schon bereit. Und nicht nur sie. Zwei Jungs hoben ihre Handys und fotografierten feixend den Zweiten Detektiv, wie er komplett bekleidet und tropfnass vor dem bunt leuchtenden Himmel den Fluten entstieg.

Peter stutzte kurz, dann strich er sich die Haare aus dem Gesicht, machte eine Pose, grinste den beiden fröhlich zu – und hielt dann unvermittelt inne. »Vögelchen!« Der Zweite Detektiv schlug sich die Hand vor die Stirn und näherte sich seinen Freunden. »Vögelchen! Natürlich.«

»Wie bitte?« Justus sah ihn genauso verdattert an wie Bob.

»Vögelchen! Fotos! Kollegen! ›Gleich kommt das Vögelchen‹. Erinnert ihr euch?«

»Äh.«

»Suchen wir uns erst mal einen ruhigeren Ort, wo uns die beiden Typen nicht finden. Ich habe euch einiges zu erzählen.«

Hinter einer Eisbude setzten sich die drei Jungen auf den Boden und Peter berichtete seinen Freunden, was er gehört hatte. Immer wieder blickten sie dabei vorsichtig zum *El Coyo-*

te, aber von den beiden Männern und auch von Zimmerman war nichts zu sehen.

»Neely? Bist du dir ganz sicher?« Justus runzelte die Stirn.

»Hundertprozentig. Aber sein Komplize und der Mann aus dem *El Coyote* nannten ihn Quaid. Vielleicht ist James Neely nicht sein richtiger Name.«

»Aber diesen Aikju konntest du nicht erkennen?«, fragte Bob.

»Nein. Ich habe ihn nie von vorne gesehen und er sprach immer zu leise, als dass ich ihn an seiner Stimme hätte erkennen können.«

Justus' Hand wanderte wieder zu seiner Unterlippe. »Elis Grab, Sonja, 15 Jahre, El Pueblo, Diamanten, heute Nacht«, murmelte er konzentriert vor sich hin. »Foto. Die Eingebung mit dem Vögelchen war übrigens exzellent, Zweiter. Dass man das zu Kindern sagt, wenn man sie fotografiert, und dass das vielleicht jemand zu Linus während der Beerdigung gesagt hat – hervorragend.«

Peter lächelte stolz. Und zitterte. Er war klatschnass und fror nun auch ein wenig.

»Und dass das Vögelchen in Linus' Erinnerung brannte, könnte auf die Verwendung eines Blitzes bei der Aufnahme hinweisen.«

»Aber was hat diese Sonja auf welchem Foto gesehen? Und wer ist Sonja?«, überlegte Peter.

»Vielleicht Mrs Cox?«, vermutete Bob. »Verdächtig genug hat sie sich ja verhalten.«

»Und El Pueblo ist das mexikanische Viertel in Los Angeles, in dem manchmal der Día de los Muertos stattfindet«, erinnerte sich Peter. »Das würde zu den Skeletten passen.«

»Wobei dieser Aikju gesagt hat, dass – wie war das? – ›die ganze Schmierenkomödie und der Psychokram umsonst waren‹.« Bob schüttelte den Kopf. »Verstehe ich nicht. Was meinte er damit? Und wer ist Eli? Linus' Vater, der ja auch vor 15 Jahren starb? Und welche Diamanten?«

»Eins nach dem anderen.« Justus, der weiter nachgedacht hatte, schien einen Plan gefasst zu haben. »Bob, wir beide fahren jetzt sofort zu Linus. Wir müssen mit ihm reden. Wenn sich die Kerle an ihren Plan halten, haben wir bis Mitternacht nur noch ein paar Stunden Zeit, um Licht in die Angelegenheit zu bringen. Zweiter, du bleibst hier und hältst nach Zimmerman und den Gaunern Ausschau. Wenn sich etwas tut, rufst du uns sofort an.«

Peter zog sein Handy aus der hinteren Hosentasche. Auch das tropfte. »Wird schwierig.«

»Nimm das von Bob. Und Dritter – vielleicht könnt ihr auch die Kleidung tauschen. Peter holt sich sonst eine dicke Erkältung und du findest sicher bei Linus was zum Anziehen. Meine Sachen«, Justus lächelte ein wenig verlegen, »sind ihm wohl etwas zu weit.«

Peter und Bob lachten und wechselten hinter der Eisbude T-Shirts, Hosen und Handys. Zum Glück waren gerade keine fotowütigen Jungs in der Nähe. Dann trennten sich die drei Detektive.

Allerdings mussten Justus und Bob erst noch zu Peter nach Hause laufen und dessen MG holen, für den er ihnen die Schlüssel mitgegeben hatte. Der Zweite Detektiv brauchte ja vielleicht auch einen Wagen – Bobs Käfer –, wenn er den beiden Ganoven oder Zimmerman folgen musste.

Von unterwegs rief Justus bei Linus an und fragte, ob es ihm nach der Hypnosesitzung inzwischen wieder etwas besser ginge und ob sie vorbeikommen dürften. Sie hätten wichtige Neuigkeiten, die sie mit ihm besprechen müssten. Linus war einverstanden.

Knapp dreißig Minuten später, inzwischen war es etwa Viertel nach zehn, kamen die beiden Detektive in der Casitas Road an. Die Gardinen hinter Zimmermans Fenster bewegten sich diesmal nicht, als sie bei Linus läuteten.

»Kommt rein, kommt rein«, empfing sie Linus an der Haustür und bat sie in seiner Wohnung erneut ins Wohnzimmer. »Du hast ja ziemlich geheimnisvoll geklungen, Justus. Was gibt es denn Neues?« Sein Blick fiel auf Bob. »Bist du ins Wasser gefallen, oder was?«

Der dritte Detektiv lächelte. »Erfährst du gleich. Hast du vielleicht ein paar trockene Klamotten für mich?«

»Natürlich.«

Die beiden Detektive sahen sich unauffällig um, als sie die Wohnung betraten. Lorraine war zum Glück nicht da. Was das Gespräch mit Linus erheblich vereinfachte. Bob zog sich im Badezimmer um, nachdem ihm Linus etwas zum Anziehen gebracht hatte, dann gingen sie ins Wohnzimmer.

»Wir haben nicht viel Zeit, Linus, daher komme ich gleich zur Sache«, begann Justus, noch bevor er sich in einen der Sessel setzte. »Hieß dein Vater Eli mit Vornamen?«

Linus stockte kurz. »Ja, Eli Roth. Meine Mutter hat kurz nach seinem Tod wieder ihren Mädchennamen angenommen. Wade.«

»Und weißt du irgendetwas von Diamanten, mit denen dein Vater vielleicht zu tun hatte?«

»Diamanten?« Linus schüttelte den Kopf. »Nein. Das sagt mir gar nichts.« Es klang sehr aufrichtig.

»Und kennst du eine Sonja?«, fragte Bob.

»Auch nicht. Wer soll das sein?«

»Wissen wir nicht.« Justus' Blick ging durch den Raum. »Hast du Fotos?«

»Fotos? Was für Fotos?«

»Auch das wissen wir nicht. Wir haben nur mitbekommen, dass eine Sonja auf einem Foto etwas entdeckt hat, das wohl mit dem Grab deines Vaters zu tun hat.«

Linus erbleichte. »Mit Dads Grab?«

»Es befindet sich auf Prayer's Hill, nicht wahr?«, fragte Bob so einfühlsam wie möglich.

»Das …« Linus blinzelte nervös. »Das weiß ich nicht.«

»Nicht?« Justus sah den jungen Mann irritiert an. »Du weißt nicht, wo das Grab deines Vaters ist?«

»Nein.«

»Aber … deine Mutter wird doch hin und wieder mit dir dorthin gegangen sein?«

Ein bitterer Zug legte sich um Linus' Mund. »Meine Mutter hat es nach Dads Tod strikt abgelehnt, über ihn auch nur zu sprechen. Sie sagte, ich solle ihn vergessen. Ich war nie an seinem Grab.«

Bob schluckte betroffen. »Und ... warum? Was ist denn zwischen deinen Eltern vorgefallen? Weißt du das?«

Linus fuhr sich mit der Hand über sein Gesicht. »Ich habe keine Ahnung. Überhaupt keine.«

»Hast du denn noch Fotos von ... damals? Von der Beerdigung?«, fragte Justus.

Linus sah zum Bücherregal. »Wenn, dann sind die da oben in der Kiste.« Er stand auf, ging zu dem Regal und angelte auf Zehenspitzen nach einem großen Pappkarton, der ganz oben und weit hinten auf dem Regal stand.

Justus und Bob blickten sich an. Und dachten beide das Gleiche. Genau dort hatten sie heute Mittag Mrs Cox herumhantieren sehen. Als sie angeblich im Bad beschäftigt gewesen war.

»Warte, Linus.« Der Erste Detektiv erhob sich, zog sich einen Fußhocker zum Regal und stellte sich darauf. Gerade so konnte er auf die Oberseite blicken. Staub. Überall dort oben lag ein dichter Staubteppich. Nur vor dem Karton war er verwischt und kaum noch vorhanden. Jemand hatte den Karton vor nicht allzu langer Zeit heruntergeholt.

»Hast du dir die Bilder in letzter Zeit angesehen?«

»Ich? Nein. Die Box gehörte meiner Mutter. Seit ihrem Tod vor zwei Jahren habe ich sie nicht angefasst.« Linus fühlte sich offenbar unbehaglich.

Justus nahm den Karton vom Regal und stellte ihn auf den Wohnzimmertisch. »Dann sehen wir uns das mal an.«

»Und wieso?« Linus hob fragend die Hände. »Was ist denn passiert? Wie kommt ihr plötzlich auf all diese Ideen? Das Grab meines Vaters, Diamanten, diese Sonja, die Fotos?«

Während Bob Linus kurz über das in Kenntnis setzte, was Peter auf dem Pier mit angehört hatte, rief Justus den Zweiten Detektiv auf Bobs Handy an, um zu erfahren, was sich bei ihm tat. Zimmerman und Aikju hatte Peter nicht mehr zu Gesicht bekommen. Neely alias Quaid war wieder in die Küche des *El Coyote* zurückgekehrt.

»Okay, halt die Augen auf, Zweiter.« Justus legte auf.

»Und dann ist Peter vom Pier gesprungen«, beendete Bob seinen kurzen Bericht.

Linus schaute fassungslos vor sich hin. »Unglaublich. Ich … weiß nicht, was ich sagen soll. Und verstehe das alles genauso wenig wie ihr.«

Justus hob den Deckel von dem Karton und holte das erste Foto heraus. »Weißt du eigentlich Näheres zu den Todesumständen deines Vaters? Woran ist er gestorben?«

»Ich … ich glaube, bei einem Unfall.« Linus zuckte unschlüssig mit den Achseln. »Mum hat mal so was fallen lassen. Bei einem Unfall in El Pueblo.«

Justus und Bob rissen die Augen auf.

»In El Pueblo? Dem mexikanischen Viertel in Los Angeles?«, fragte der Erste Detektiv nach.

»Ja, ich glaube, das hat sie gesagt.«

Bob zog ein weiteres Foto aus der Schachtel. »Bist du das mit deinem Dad?« Er zeigte Linus das Bild. Ein kleiner, blonder Junge und ein schwarzhaariger Mann lachten fröhlich in die Kamera. Beide standen vor einem bunt bemalten Bretterzaun.

»Ja. Das war vor meinem Kindergarten.« Er deutete auf den Zaun. »Der war auch in El Pueblo.«

Justus betrachtete derweil weitere Fotos. Schließlich stieß er auf eines, das unzweifelhaft auf Prayer's Hill aufgenommen worden war. Eine ganz in Schwarz gekleidete Frau mit Kopftuch und einer riesigen, dunklen Sonnenbrille neben einem kleinen Jungen, der traurig zu Boden blickte. Dahinter die Kapelle mit dem Wetterhahn und dem Storchennest und zahllose Gräber und Kreuze.

»Und das? Bist das auch du? Und deine Mutter?«

Linus sah nur kurz hin und gleich wieder weg. »Ja. Mum und ich.« Unruhig knetete er seine Finger.

Der Erste Detektiv holte nun alle Fotos heraus und teilte sie in zwei Stapel. Einen schob er Bob zu. »So geht es schneller.«

Der dritte Detektiv breitete die Aufnahmen auf dem Tisch aus und überflog sie. Plötzlich sog er scharf die Luft ein. »Just. Da.«

Das tote Känguru

Der dritte Detektiv reichte seinem Freund zwei Aufnahmen. Auf der einen sah man Linus' Mutter vor dem Eingang eines großen Gebäudes in der Uniform einer Krankenschwester: weißes Kleid, weißes Häubchen mit einem roten Kreuz, weiße Schuhe. Das zweite Foto zeigte Linus mit einem spitzen, gelben Papphütchen auf dem Kopf, wie er gerade die vier Kerzen auf einer großen Torte ausblies. Ein typisches Geburtstagsfoto. Interessant daran war, was Linus im Arm hielt: ein kuscheliges, braunes Stoffkänguru mit rotem Lätzchen.

»War deine Mutter Krankenschwester?« Justus hielt Linus das erste Bild hin.

»Ja, im St.-Michael's-Krankenhaus. Auf der Kinderstation.«

»Und das hier.« Justus deutete im zweiten Foto auf das Känguru. »Weißt du noch, wie du es genannt hast?«

Linus' Blick wurde glasig. Als blickte er in eine ferne Vergangenheit. »Jumpy«, sagte er mit weicher, sehnsuchtsvoller Stimme. »Das war Jumpy.«

»Du hast während der Hypnose von ihm gesprochen.«

Linus schien Justus gar nicht zu hören. »Und Jumpy war krank. Er musste … operiert werden.«

»Wieso? Was hatte er?« Justus ahnte, wie die Antwort ausfallen würde.

»Ich … mir fällt das Wort nicht mehr ein. Es war … Es klang wie … wie … Er hatte Bauchweh.«

»Weil er eine Blinddarmentzündung hatte?«, fragte Bob.

Linus sah ihn ratlos an.

»Beziehungsweise Appendizitis?«, korrigierte Justus.

Linus klappte der Mund auf. Seine Augen weiteten sich. »Ja. Ja. Das war es. Penzitis. Jumpy hatte Penzitis. Das hat Dad zu mir gesagt: ›Jumpy hat Penzitis und muss operiert werden.‹«

Justus nickte. »Auch davon hast du in der Hypnose gesprochen. Wann hat dein Dad das zu dir gesagt? Auf der Geburtstagsfeier?«

»Nein.« Linus dachte nach. »Das war … als er mich … einmal … vom Kindergarten abgeholt hat.« Sein Gesicht verdunkelte sich. Als hätte sich plötzlich eine schwarze Wolke darübergelegt. »Und dann …« Linus' Atem ging schneller. Wie aus dem Nichts fing er an zu schwitzen, sein Blick irrte umher.

»Was war dann?«, hakte Bob nach. Er spürte wie Justus, dass sie kurz davor waren, ein Geheimnis zu lüften. Vielleicht das Geheimnis, hinter dem sich der Grund für Linus' Ängste und Probleme verbarg. Und womöglich noch mehr.

»Ich … ich weiß es nicht mehr. Da ist … Es ist laut … viele Menschen …« Linus wurde immer rastloser. »Skelette. Viele

Skelette. Dad läuft davon. Er … er lässt mich alleine. Nein, Dad! Bitte bleib bei mir!« Linus presste sich die Hände auf seine Ohren. »So laut. So laut. Ein Pfeifen. Oder Schreien. Oder Quietschen. Daddy!« Er sackte in sich zusammen. Nach vorne gekrümmt kauerte Linus auf dem Sofa und schluchzte leise.

Bob legte ihm mitfühlend die Hand auf die Schulter. »Soll ich dir ein Glas Wasser bringen?«

Linus schüttelte den Kopf. »Es … geht gleich wieder. Ich bin nur … Ich weiß es nicht. Da ist alles schwarz. Nachdem Dad weg war, wurde alles schwarz. Und traurig. Unendlich traurig.«

Für Justus und Bob lag auf der Hand, was passiert war. Linus hatte es ihnen selbst erzählt beziehungsweise wiedergegeben, was seine Mutter gesagt hatte. Dass sein Vater bei einem Unfall in El Pueblo ums Leben gekommen war. Und Linus hatte es offenbar live miterlebt. Aber das sagten sie ihm nicht. Offenbar brauchte Linus noch Zeit, um dieses traumatische Ereignis so zu verarbeiten, dass er damit umgehen und leben konnte.

Während Linus in die Küche ging und sich einen Tee kochte, sahen die Jungen die restlichen Fotos durch. Justus fand tatsächlich noch zwei weitere, die ihm äußerst interessant erschienen. Beide waren während des Begräbnisses aufgenommen worden. Linus und seine Mutter standen vor einem offenen Grab. Die tiefe Grube, in der schwarze Erde feucht schimmerte, war deutlich zu erkennen. Die Wolken im Hintergrund bildeten eine schwere, graue Wand. Es schien zu regnen. Trotzdem trug Linus' Mutter auch auf diesem Bild diese riesengroße Sonnenbrille. Und Linus hatte Jumpy im

Arm. Jedoch nur auf dem ersten Foto. Auf dem zweitem Foto fehlte das Stofftier. Scheinbar. Denn wenn man genau hinsah, konnte man Jumpy auch auf diesem Foto entdecken. Beziehungsweise eines seiner Ohren. Es ragte aus der Grube hervor. Jumpy lag im Grab.

»Sieh dir das an.« Justus reichte Bob die beiden Fotos.

Der dritte Detektiv betrachtete die Aufnahmen eine Weile. »Dann war das vielleicht wirklich unser Linus, an den sich Rick erinnerte. Er hat uns doch von einem kleinen Jungen namens Linus erzählt, der sein Kuscheltier in das Grab seines Vaters geworfen hat, damit es bei Daddy im Himmel ist.«

»Daran dachte ich auch eben. Und dieses *Penzitis* beziehungsweise *Operieren* war vermutlich für die Mutter bestimmt. Als Krankenschwester hätte sie mit diesen Begriffen im Gegensatz zu einem Vierjährigen sicher etwas anzufangen gewusst.«

»Aber was? Sollte sie ein Plüschkänguru operieren? Wozu? Und warum liegt es dann im Grab?«

Justus zuckte die Schultern. »Ich weiß es nicht. Und dann habe ich mich noch gefragt, wer eigentlich diese Fotos aufgenommen hat.«

»Du denkst an Rick, oder?«

Justus nickte. »Wäre durchaus denkbar. Er meinte doch selbst, er sei auf Prayer's Hill so eine Art Mädchen für alles und würde auch hin wieder an einem Begräbnis teilnehmen.«

»Und jetzt überlegst du, ob Rick uns vielleicht nicht die ganze Wahrheit erzählt hat und er es ist, der hinter allem steckt.«

»Weil er vielleicht doch weiß, wo das Grab von Linus' Vater ist. Und um dieses Grab scheint sich ja alles zu drehen. Angesichts dieser Aufnahmen müssen wir Rick Turner in jedem Fall in den Kreis der Verdächtigen mit einbeziehen.«

Bob überlegte einen Moment. »Aber warum dann jetzt? Wenn Rick doch die ganz Zeit Bescheid wusste, wieso dann erst jetzt dieser ganze Hokuspokus?«

Justus kniff die Lippen zusammen. »Eine berechtigte Frage. Auf die wir vielleicht noch eine schlüssige Antwort finden.« Er deutete zum Tisch. »Zurück zu den Fotos. Dieser Neely meinte ja auf dem Pier, dass jene Sonja auf einem Foto Hinweise auf das Grab entdeckt hat.«

Doch die Hoffnung, ebenfalls auf ein derart aufschlussreiches Foto zu stoßen, schwand sehr schnell. Was vor allem daran lag, dass es keine weiteren Fotos vom Begräbnis oder von Prayer's Hill gab. War der Hinweis vielleicht auf einer Aufnahme, die etwas gänzlich anderes zeigte? Die Jungen sahen auch alle Fotos aus dem Karton, die nichts mit dem Begräbnis oder Prayer's Hill zu tun hatten, noch einmal unter dieser Voraussetzung durch. Doch auch auf diesen Fotos entdeckten sie nichts, was sie weitergebracht hätte.

Justus schob die Bilder von sich und dehnte seinen verspannten Nacken. Linus hatte sich mittlerweile etwas erholt und brachte jedem ein Glas Limonade aus der Küche mit.

Bob telefonierte noch einmal mit Peter, doch bei ihm hatte sich nichts getan.

Der Erste Detektiv trank einen Schluck und sah auf seine

Uhr. Viertel nach elf. Ihnen blieb nicht mehr viel Zeit. »Und sonst gibt es keine Fotos von damals mehr, oder?« Er sah Linus fragend an.

»Es gibt noch die, die nichts geworden sind. Mum wollte die mal wegwerfen, aber ich habe sie aufgehoben.« Linus zuckte mit den Schultern, als wüsste er selbst nicht, wieso.

»Es gibt noch weitere Fotos?«

»Ja. Aber die sind alle zu hell, zu dunkel, zu nah, verwackelt.« Linus stand auf, stieg auf den Hocker, den Justus vorhin vor das Regal gestellt hatte, und holte eine kleine Schachtel herunter. Sie musste genau hinter dem großen Karton gestanden haben. Also auch dort, wo Mrs Cox *nicht* geputzt hatte.

Justus und Bob stürzten sich sofort auf die Bilder. Es waren nicht allzu viele, vielleicht zwanzig, und Linus hatte recht gehabt. Zu hell, du dunkel, zu nah, verwackelt. Darauf war fast nichts zu erkennen. Schon gar nichts, was ihnen weitergeholfen hätte. Nach wenigen Minuten ließ sich Justus enttäuscht in die Lehne seines Sessels sinken und sah nachdenklich ins Leere. Bob besah sich die Aufnahmen noch einmal in umgekehrter Reihenfolge und legte sie dabei in die Schachtel zurück.

Justus stand auf und begann, im Raum hin- und herzulaufen. »Vielleicht haben wir auch etwas falsch verstanden. Oder Peter. Die Kerle haben ja nur geflüstert.«

Bob legte das letzte Bild zurück. Linus' Mutter in Nahaufnahme. Eigentlich sah man nur Sonnenbrille.

»Vielleicht hat dieser Neely alias Quaid zwar gesagt, dass

diese Sonja was entdeckt hat, aber das hatte womöglich gar nichts mit einem Foto zu tun?«

»Dann hätte sich Peter aber ziemlich verhören müssen«, gab Bob zu bedenken. »Und das ist ja eigentlich nicht seine Art.«

»Stimmt, aber er stand auch gehörig unter Stress. Da kann man schon mal was durcheinanderbringen.«

»Und wo hätte diese Sonja –« Bob hielt abrupt inne. Und beugte sich nach vorne. Die Sonnenbrille. Waren auf dieser Sonnenbrille nicht …? »Linus?« Der dritte Detektiv starrte auf das Foto und ging noch näher ran. »Hast du eine Lupe? Eine starke Lupe?«

»Ja, ich denke schon. Warte.« Linus stand auf und verließ das Zimmer.

»Was hast du, Bob. Was ist da?« Auch der Erste Detektiv beugte sich nun über das Foto.

Linus kam mit einer Handlupe zurück und reichte sie Bob. »Bitte sehr.«

»Danke.« Der dritte Detektiv hielt die Lupe über das Foto und bewegte sie so lange vor und zurück, bis er es deutlich erkennen konnte. »Sieh dir das an, Just. Da, in dem linken Glas der Sonnenbrille.«

Justus nahm die Lupe und blickte hindurch. Schon nach wenigen Augenblicken sah auch er es. »Das ist ja … unfassbar! Genial, Dritter. Absolut genial.«

21058

21058. Im linken Glas der Sonnenbrille waren unter der Lupe diese fünf Zahlen deutlich zu erkennen. Und der Mittelteil des Querbalkens eines Grabkreuzes. Das Foto hatte festgehalten, was sich in dem Glas zum Zeitpunkt der Aufnahme widergespiegelt hatte.

»Damit wissen wir –«

Justus' Handy klingelte. Peter. Der Erste Detektiv ging sofort ran. »Zweiter?«

»Ich sehe ihn nicht mehr. Neely. Eben war er noch in der Küche, aber jetzt ist er weg. Ich habe ihn aus den Augen verloren.«

»Hast du Zimmerman noch einmal gesehen? Oder Aikju?«

»Nein. Keinen von beiden.«

»Okay. Komm nach Prayer's Hill. Aber nicht zum Parkplatz. Warte unten an der Kreuzung auf uns, wo die kleine Straße zum Friedhof abzweigt.«

»Alles klar.« Peter legte auf.

Justus steckte sein Handy ein. »Peter ist unterwegs nach Prayer's Hill. Aber er hat Neely aus den Augen verloren.«

»Ihr denkt wirklich, die wollen zum Friedhof? Zum Grab meines Vaters?« In Linus' Gesichtszügen mischten sich Unschlüssigkeit und Furcht.

»Davon bin ich überzeugt.« Der Erste Detektiv stand auf und sah Linus in die Augen. »Kommst du mit?«

Linus antwortete nicht sofort. Er blickte starr vor sich auf den Teppich, während sich seine Lippen kaum merklich in einem stummen Selbstgespräch bewegten. Es war ihm deutlich anzusehen, wie sehr er mit sich rang. Dann blickte er auf. »Ja.« Linus wirkte auf einmal sehr entschlossen. »Ich komme mit euch. Ich muss mich den Geistern meiner Vergangenheit stellen. Lasst uns fahren.«

Es war spürbar kühler geworden. Auf dem Weg zum Auto zog Bob den Reißverschluss der Windjacke, die ihm Linus geliehen hatte, zu. Eine leichte Brise wehte vom Landesinneren her und brachte den Geruch von Erde und Regen mit. In weiter Ferne zuckte ein gespenstisches Wetterleuchten über das nachtschwarze Firmament.

Die Fahrt nach Prayer's Hill dauerte diesmal knapp zwanzig Minuten. Über meist wenig befahrene, von weißgelben LED-Laternen beleuchtete Straßen näherten sie sich Lincoln Heights. Der Einzige, der während der Fahrt etwas sagte, war Justus. Und das auch nur in sein Handy.

Er versuchte, Rick zu erreichen, um ihm mitzuteilen, dass sie unterwegs zum Friedhof waren. Und um ihn nach Jumpy zu fragen. Ob es ein Känguru gewesen war, das jener Linus in das Grab seines Vaters geworfen hatte. Aber der Friedhofswärter ging nicht ran. Justus hinterließ ihm eine Nachricht auf der Mailbox. Dann hing auch er wie Bob und Linus seinen Gedanken nach. Was erwartete sie auf dem Friedhof? Wer erwartete sie dort? Und was hatte es mit dem Grab von Elis Vater auf sich?

Als Bob um kurz vor Mitternacht die letzte Kurve nahm und auf die kleine Kreuzung zuhielt, an der sie Peter treffen wollten, landeten die ersten Tropfen auf der Windschutzscheibe. »Na super. Jetzt fängt es auch noch an zu regnen.« Der dritte Detektiv beugte sich nach vorne und sah nach oben. Ein Himmel aus schwarzer Tinte. Kein Mond, keine Sterne weit und breit.

»Da vorne wartet Peter in deinem Käfer.« Justus deutete nach rechts zum Straßenrand. »Unter dem knorrigen Baum, der ein bisschen so aussieht wie ein Galgen. Am besten, du parkst direkt dahinter.«

»Alles klar.« Bob ließ den MG ausrollen und stellte ihn hinter seinem eigenen Wagen ab. Peter stieg in der Zwischenzeit aus und kam ihnen entgegen.

»Hi, Kollegen. Hallo, Linus.« Der Zweite Detektiv nickte, während die anderen aus seinem MG kletterten. »Gerade eben ist ein heller Mercury an mir vorbei- und rauf zum Friedhof gefahren. Ich konnte aber nicht sehen, wer drinsaß.«

»Deswegen wollte ich, dass wir uns hier treffen«, sagte Justus. »Unter den gegebenen Umständen möchte ich so wenig Aufsehen wie möglich erregen. Außerdem kennen die Gangster den Käfer. Wir laufen die letzten Meter. Nehmt alles mit, was wir brauchen, dann geht es los.«

Für Situationen wie diese hatten die drei ??? immer eine Grundausrüstung in ihren Autos deponiert. Jetzt nahmen sie davon allerdings nur drei Taschenlampen mit. Und drei Baseballkappen gegen den einsetzenden Regen. Linus schlug seinen Kragen hoch. Dann machten sie sich auf den Weg nach Prayer's Hill.

Die Zufahrt zum Friedhof war etwa einen halben Kilometer lang und schlängelte sich auf einem Fahrstreifen mit unzähligen Schlaglöchern durch ein lichtes Wäldchen den Hügel hinauf. Straßenlaternen gab es hier keine, der holprige Weg lag komplett im Dunklen. Um nicht bemerkt zu werden, richteten die drei Detektive ihre Taschenlampe steil nach unten und beleuchteten gerade einmal den kleinen Bereich vor ihren Füßen. Während des kurzen Fußmarsches informierten Justus und Bob Peter über das, was sie auf den Fotos entdeckt hatten.

Nach einem strammen Marsch von etwas mehr als fünf Minuten erreichten die vier schließlich den kleinen, gekiesten Parkplatz. Auf dem ganzen Weg hatte sie weder ein Auto überholt noch war ihnen eines entgegengekommen. In weiter Ferne schlug eine Kirchturmuhr zwölf Mal. Peter spürte ein Frösteln in seinem Nacken. Geisterstunde.

Auch der Parkplatz lag in fast völliger Dunkelheit. Nur die Lichter der Stadt, die unten eine milchige Kuppel über Häuser und Straßen spannten, schickten noch ihre letzten Ausläufer den Hügel hinauf und tauchten den Parkplatz in ein unwirkliches, gespenstisches Grau.

Die Jungen konnten drei Fahrzeuge ausmachen. Einen hellen Mercury Milan, einen dunklen Jeep Compass und einen klobigen Chevrolet Caprice.

»Das ist der von Zimmerman«, stieß Linus plötzlich hervor und deutete aufgeregt auf den Chevrolet. »Ganz sicher. Der breite Kratzer hier vorne am rechten Kotflügel. Das ist er. Was will Zimmerman hier oben?«

»Möglicherweise ist er Neely oder Aikju gefolgt«, riet Bob.

Justus schirmte seine Taschenlampe nun auch mit der Hand ab und näherte sich dem großen Eisentor, durch das man auf den Friedhof gelangte. Eine Klinke oder einen Knauf suchte er vergebens. Vorsichtig drückte er dagegen und zog dann daran.

»Abgeschlossen. Das war zu erwarten.«

»Dann klettern wir über die Mauer.« Peter zeigte nach rechts. »Ich erinnere mich, dass sie nicht besonders hoch und ziemlich verwittert ist. Jede Menge Kanten, Löcher und Vertiefungen. Wir müssen nur aufpassen, dass wir keinen Stein rausbrechen, mit lautem Gepolter abrutschen und die Nachbarn aufwecken.« Der Zweite Detektiv kicherte leise. Dann aber fiel ihm ein, was er selbst damals angesichts des Lärms gedacht hatte, den sein Kurs bei der Filmvorführung verursacht hatte. Dass sie damit die Toten aufwecken. Auf einmal fand er seinen Witz nicht mehr so lustig.

»Okay. Aber Taschenlampen aus«, ordnete Justus an. »Wir wissen nicht, was uns dahinter erwartet. Oder wer.«

Die Mauer erwies sich tatsächlich als nicht allzu großes Problem. Justus schnaufte zwar ein wenig mehr als die anderen, aber Peter und Bob kannten das. Sport war nicht so die Stärke des Ersten Detektivs. Abgesehen von Brustschwimmen, was ihm jedoch beim Erklimmen einer Mauer nicht sonderlich von Nutzen war.

Auf der anderen Seite angekommen, ließen sich alle vier ins nasse Gras sinken. Und da die brüchige Mauer nun auch den letzten Rest des grauen Lichtes schluckte, das draußen über den Parkplatz waberte, saßen sie in völliger Dunkelheit. Als hätte jemand ein schwarzes Tuch über sie gebreitet.

Die drei Jungen und Linus lauschten in die Nacht. Auf dem Friedhof herrschte im wahrsten Sinne des Wortes eine Grabesstille. Kein Tier raschelte im Gras, kein Windhauch, kein Geräusch aus der fernen Stadt reichte hinter die Mauer. Nur die Regentropfen fielen unablässig und leise auf die Blätter der Bäume und Sträucher. Es klang wie ein Wispern. Als würden sich die Toten in den Gräbern ihre Geschichten zuflüstern.

»Und jetzt?« Peter war kaum zu hören. »Wisst ihr, wo Grab 21058 ist?«

»Nein«, zischelte Justus. »Aber wir müssen ohnehin –«

»Dahinten, Kollegen«, unterbrach Bob seinen Freund. »Etwas rechts von uns. Seht ihr das?«

Die anderen erkannten sofort, was der dritte Detektiv meinte. Einen schwachen Lichtschimmer, der immer wieder durch die dünnen Bäume brach. Der Schein einer oder vielleicht auch von zwei Taschenlampen.

»Das müssen sie sein.« Justus richtete sich auf. »Kommt mit. Aber leise. Achtet auf jeden eurer Schritte. Ein einziger Ast, der knackt, und wir fliegen auf.«

Peter und Bob hätte Justus daran natürlich nicht erinnern müssen. Die beiden wussten aus unzähligen ähnlicher Situationen, wie sie sich verhalten mussten. Aber sie hatten ja auch noch Linus dabei.

Das Schimmern wurde deutlicher, je näher sie ihm kamen. Es waren zwei Taschenlampen, deren Strahlen nahezu bewegungslos zwischen den Bäumen schwebten. Undeutlich zeichneten sich in dem blassen Lichthof drei Gestalten ab, von denen eine seltsam klein erschien. Fast wie ein Kind.

»Sieht aus, als hätten die was gefunden«, flüsterte Peter.

»Ich glaube, der eine hat eine Schaufel in der Hand, der Kleine«, wisperte Bob. »Ja, seht doch. Da fliegt Erde.«

»Leise jetzt«, ermahnte Justus seine Freunde. »Wir sind gleich da.«

Die drei Detektive und Linus fanden ein halbwegs sicheres Versteck hinter einem dornigen Schlehenstrauch. Durch die Lücken der schwarzen Äste erkannten sie nun sehr viel genauer, was sich vor ihnen abspielte. Drei Personen standen im Nieselregen um ein Grab herum, wobei eine von ihnen bis zu den Knien *im* Grab stand. Sie stocherte in der Erde herum und schaufelte diese dann nach und nach aus der Grube heraus. Von den anderen beiden Gestalten war eine groß und hager, die andere klein und zierlich und mit einem auffälligen roten Regenmantel mit weißen Schmetterlingen bekleidet. Vermutlich jene Sonja, die erst auf Prayer's Hill zu den beiden Männern vom Pier stoßen wollte. Dann hörten sie eine Stimme.

»Kannst du mich mal ablösen, Kurtley?« Es war die Person im Grab, die sprach. »Ich hab schon Schwielen an den Händen und mach das hier bestimmt nicht alles alleine. Außerdem bekomme ich wegen diesem Mistwetter schon Schwimmhäute an den Zehen. Das wird zur reinsten Schlammgrube.«

Die drei Jungen und Linus sahen sich an. *Neely*, formte Peter mit den Lippen. Das war unverkennbar Neely.

»Jammer nicht so rum, du Memme. Du machst das ja nicht umsonst.« Die größere der beiden anderen Gestalten winkte Neely zu sich. »Dann komm mal raus und lass 'nen wirklich starken Mann ran.« Er lachte.

Wieder warfen sich die drei ??? und Linus Blicke zu. Diesmal äußerst verblüffte. Denn auch diese Stimme hatten sie erkannt. Sie gehörte de Jong, dem Hypnotiseur.

»Komm, mach hier nicht einen auf Kraftprotz, Aikju. Wir wissen doch alle, dass du deine Muckis im Kopf hast und nicht in den Armen.«

Aikju! De Jong war Aikju. Und jetzt endlich verstand Justus auch, was es mit diesem seltsamen Namen auf sich hatte. »Ai« für »I« und »kju« für »Q«. Neely betonte es nur seltsam: auf der ersten statt auf der zweiten Silbe, deshalb war Justus da nicht schon vorher draufgekommen. Er zeigte seinen Freunden und Linus den erhobenen linken Zeigefinger, dann einen Kreis aus linkem Zeigefinger und Daumen und hielt den rechten Zeigefinger ein kleines Stück in diesen Kreis. Etwa bei fünf Uhr.

Und alle drei wussten sofort, was der Erste Detektiv damit sagen wollte: IQ, die Abkürzung für ›Intelligenzquotient‹, also das Maß, wie schlau jemand ist. Wie Neely eben gesagt hatte, hatte de Jong, oder wie auch immer der Mann wirklich hieß, seine Kraft nicht in den Armen, sondern im Kopf. Peter erinnerte sich jetzt auch an eine ähnliche Andeutung, die Neely auf dem Pier gemacht hatte. Superhirn. De Jong war das Superhirn, der Denker, die Intelligenzbestie der Bande. IQ.

»Ihr zwei habt euch überhaupt nicht verändert. Immer noch die gleichen Sticheleien wie früher. Wie Hund und Katz.« Die dritte Person lachte. Es war das Lachen einer Frau.

Und wäre Bob nicht so geistesgegenwärtig gewesen, Linus die Hand auf den Mund zu pressen, hätte der vermutlich laut aufgeschrien vor Überraschung. Denn die Frau war niemand anderes als Lorraine, seine Freundin.

Spieglein, Spieglein

Linus war kaum zu halten. In seinem Gesicht spiegelten sich absolute Fassungslosigkeit, Wut und Enttäuschung wider. Am liebsten wäre er aufgesprungen und zu Lorraine hingerannt. Aber Bob und Peter hielten ihn mit sanfter Gewalt zurück. Kopfschüttelnd ließ sich Linus zurücksinken und starrte betroffen vor sich hin.

Justus holte sein Handy hervor, deutete nach hinten und gab den anderen zu verstehen, dass sie hierbleiben sollten. Der Erste Detektiv wollte die Polizei verständigen und etwas im Internet überprüfen. Sie hatten jetzt Namen, auf deren Richtigkeit sie sich verlassen konnten. Quaid, Kurtley und Sonja. Das waren zwar nur Vornamen, aber vielleicht ließ sich damit und mit dem Spitznamen »IQ« etwas herausfinden. Und die drei Gauner waren noch eine ganze Weile beschäftigt, da war sich Justus sicher.

Der Erste Detektiv stahl sich geräuschlos davon, entfernte sich so weit von den anderen, dass er zumindest gefahrlos flüstern konnte, und ließ sich hinter einem Erdhaufen nieder. Doch die Ernüchterung folgte auf dem Fuß. Er hatte keinen Empfang. Nicht einen einzigen Balken zeigte sein Handy an. Er versuchte es noch an ein paar anderen Stellen, aber sein Handy blieb ohne Verbindung. Schließlich kehrte er unverrichteter Dinge zu den anderen zurück.

Dort angekommen schüttelte er den Kopf und zeigte auf sein Mobiltelefon. Die anderen verstanden. Kein Netz. Und damit auch keine Polizei, die ihnen Hilfe leisten konnte.

»So langsam müsste aber echt mal was kommen«, hörten sie jetzt IQ aus der Grube. »Wie lang hält sich so ein Vieh wohl in der Erde? War ja bestimmt aus irgendeinem Synthetikzeug … Hey! Habt ihr das gehört?« Noch einmal stieß er den Spaten in die Erde.

»Das klingt nach Holz.« Quaid schien nicht besonders begeistert darüber.

Auch die drei ??? hörten es. Ein dumpfes Klopfen. Der Spaten stieß auf einen festen Widerstand. Die Ganoven waren beim Sarg angekommen.

»Aber das Ding war doch in der Erde, nicht im Sarg.« IQ schaufelte jetzt sehr langsam weiter.

»Vielleicht hat es der freundliche Totengräber ja Daddy vorm Zudecken noch direkt mit ins Bettchen gelegt«, meinte Quaid. IQ grunzte.

Die Gauner waren verständlicherweise verwirrt. Justus überlegte, was sie am besten tun sollten. Wenn einer von ihnen zum Parkplatz lief und dort telefonierte? Oder, falls es auch da kein

Netz gäbe, die Zufahrt runter? Wobei die in einem Wäldchen lag, in dem die Verbindung sicher noch schlechter war als –

»Der Sarg sieht auch noch ziemlich neu aus«, rief IQ in diesem Moment. Er überlegte kurz. »Gib mir mal das Brecheisen, Bruderherz.«

Quaid und IQ waren Brüder. Noch eine wichtige Information für die drei Detektive.

»Was hast du vor?«

»Nachsehen, wer da drinliegt.«

Quaid reichte IQ das Werkzeug in die Grube. Kurz darauf knirschte und quietschte Metall auf Holz, als IQ die Nägel aus dem Sarg zog. Achtlos warf er das Brecheisen wieder aus der Grube. »So, das hätten wir.« IQ klang sehr skeptisch. Dann bückte er sich und hielt im nächsten Augenblick einen dunklen, anscheinend noch recht stabilen Sargdeckel in den Händen. Quaid und Sonja beugten sich über das Grab.

Sekunden verrannen, keiner sagte etwas. IQ stellte den Sargdeckel aufrecht in die Grube. Dann schüttelte er den Kopf. »Der Typ in dem Sarg ist niemals Eli. Viel zu klein und viel zu frisch. Und deswegen auch weit und breit kein Jumpy.«

Jumpy? Sie suchten nach dem Känguru? Wieso suchten sie nach dem Känguru?

IQ stieg aus der Grube. »Wir sind hier falsch. Ganz eindeutig. Irgendetwas haben wir übersehen.«

»Aber das ist das Grab vom Foto«, versicherte Sonja. »Hundertprozentig.«

»Aber da ist nichts. Und das da drin ist nicht Eli.« IQ faltete beide Hände über seiner Nase. Offenbar seine Art, sich zu konzentrieren. »Lasst uns das alles noch mal ganz von vorne durchgehen.« Er atmete tief ein und aus. »Nach dem Raub in der Chestnut Street bekam Eli die Diamanten und wir anderen den Rest, damit den Bullen nicht gleich alles in die Finger fällt, wenn sie einen von uns schnappen.«

»Allerdings war der Rest nur bescheuerter Modeschmuck«, maulte Quaid, »und nichts wert.«

»Das wussten wir da aber noch nicht. Abends wollten wir uns in der Lime Road treffen, um alles gerecht aufzuteilen. Aber Eli kam nicht. Die Ratte wollte uns linken und mit den Steinen verduften.« IQ begann auf und ab zu gehen. »Dann hat Ruby sich verplappert und wir haben kapiert, was Eli vorhatte.«

Ruby? Wer zum Teufel war Ruby? Und war Ruby ein Mann oder eine Frau?

»Deswegen sind wir am nächsten Morgen nach El Pueblo. Zu diesem Kindergarten«, sagte Quaid. »Weil Eli doch tatsächlich seine Frau verlassen und mit Ruby und seinem Kleinen abhauen wollte, um an irgendeinem sonnigen Strand ein schickes neues Leben anzufangen. Dieser Schleimbeutel.«

Mit dem *Kleinen* konnte nur Linus gemeint sein. Und der Kindergarten sowie El Pueblo waren auch keine neuen Puzzlesteine in diesem verworrenen Rätsel. Ganz allmählich fügte sich das Bild zusammen …

»Wir also nach El Pueblo, und da waren dann diese ganzen Idioten in ihren Skelettkostümen unterwegs«, fuhr Quaid fort. »Weiß der Geier, wieso.«

»Día de los Muertos«, schnauzte ihn IQ an. »Hörst du mir eigentlich auch mal zu? Das hab ich dir doch schon x-mal erklärt. Deswegen haben wir doch diesen ganzen Zauber veranstaltet. Weil ich dachte, dass sich der Typ an was erinnert, wenn wir ihn in die damalige Situation zurückversetzen.«

Quaid winkte nur ab. »Egal. Irgendwann kommt Eli zum Kindergarten, geht rein und kommt zwei Minuten später mit dem Knirps wieder raus. Und dann riecht er den Braten, als wir ihn abfangen wollen. Er drückt dem Kleinen noch schnell das Känguru in die Hand, redet auf ihn ein und haut ab. Rennt wie ein Irrer auf die Straße, wo ihn dieser Laster erwischt. Volle Breitseite. Ende Gelände.«

Sonja, die bis jetzt nur stumm zugehört hatte, meldete sich zu Wort. »Woher wisst ihr eigentlich, was Eli zu dem Kleinen gesagt hat, das mit dem Operieren und Penzitisonstwas. Von Ruby?«

IQ lachte verächtlich. »Die hätte sich eher die Zunge abgebissen, als uns etwas zu verraten. Nein, das hat der Kleine vor sich hin gemurmelt, als sein alter Herr unterm Laster lag. ›Jumpy hat Penzitis. Operieren. Jumpy hat Penzitis. Operieren.‹ Und zeigt mir dabei die ganze Zeit dieses bescheuerte Plüschtier. Aber ich habe erst im Knast kapiert, was das zu bedeuten hatte.«

Peter legte Linus schweigend die Hand auf die Schulter. Das alles mitzubekommen und diese Schurken auch noch so kaltschnäuzig darüber reden zu hören, musste für Linus nahezu unerträglich sein. Zumal jetzt auch ihm klar sein musste, dass der Unfall seines Vaters direkt vor seinen Augen geschehen war. Er hatte das als kleiner Junge alles mit angesehen! Linus lächelte den Zweiten Detektiv zwar dankbar an, aber Peter sah deutlich die Tränen in seinen Augen.

Sonja reckte sich stolz. »Nachdem *ich* dieses Foto gefunden und dir gezeigt hatte.«

»Ja. Und da die Diamanten bis heute immer noch nicht aufgetaucht sind und auch Linus' Mutter nie in eine Nobelvilla umgezogen ist, besteht eben die Möglichkeit, dass die Klunker noch genau da sind, wo Eli sie versteckt hat.«

»Es sei denn, Ruby hat sie sich nach ihrer Entlassung vor zwei Jahren geholt«, warf Quaid ein.

IQ zuckte die Achseln.

In Justus' Kopf begann es zu arbeiten. Penzitis, Operieren, Fotos, Diamanten, Mutter. Ganz allmählich begann er zu verstehen, wie alles zusammenhing …

»Und was war noch mal der Grund, warum euch und Ruby kurz darauf die Bullen geschnappt haben?«, fragte Sonja.

»Diese bescheuerte Überwachungskamera«, knurrte Quaid. »Der Laden in der Chestnut Street hatte sich kurz vor dem Überfall eine nagelneue Ü-Kamera geleistet, die bei unserer Ausspäh-Aktion noch nicht da hing. Die Bilder von unseren Visagen waren gestochen scharf.« Er ballte die Fäuste. »Ich könnte mich immer noch in den Hintern beißen über so viel Pech.«

IQ wedelte mit den Händen. »Ja, ja, komm runter. Alles Schnee von gestern. Aber wo ist jetzt der Fehler? Was haben wir übersehen? Genau so lief das alles ab, wir kennen das Foto, auf dem das Känguru im Grab liegt, und du hast nun noch die Zahlen auf dem anderen Foto entdeckt. 21058.« IQ deutete auf das hölzerne Kreuz, das neben dem offenen Grab lag. »Es muss dieses Grab hier sein. Verdammt.«

»Ja.« Sonja nickte. »21058. Genau diese Zahlen habe ich auf dem Foto in der Sonnenbrille gesehen, die seine Mutter bei der Beerdigung aufhatte. Und das, obwohl echt mieses Wetter war. Keine Ahnung, warum die das Riesenteil aufhatte. Nicht mein Style, gar nicht.« Sie lächelte selbstgefällig. »Das muss mir erst mal einer nachmachen. Da muss man schon echt was draufhaben und genau hinsehen, um diese Zahlen da zu entdecken. Hab ja vielleicht doch ein bisschen was von dir, IQ.«

Wie in Zeitlupe drehten IQ und Quaid ihre Köpfe zu Sonja. Justus musste fast grinsen. Jetzt gleich passierte es. *Spieglein, Spieglein …*

»In … einer … Brille?«, fragte IQ gedehnt. »Die Zahlen waren *in* einer Brille zu sehen?«

»Ja doch.«

»Das Kreuz mit dieser Nummer? Hast du *in* einer Brille gesehen?«

»Ja. Nein. Nicht das ganze Kreuz. Nur einen Teil davon. Aber da war die Nummer drauf. Also in der Brille.«

»In der Brille? In dem Glas?«

Sonja fuchtelte genervt mit den Armen herum. »Mein Gott, rede ich Spanisch, oder was? Die Zahl war in der verdammten Brille. Die Zahl hat sich in dieser Monsterbrille seiner Mutter gespie–« Sonja brach ab und schlug sich die Hand vor den Mund. »Oh, Kacke. Gespiegelt! Die Zahl war ja gespiegelt.«

Genau, dachte Justus, jetzt hast du es auch kapiert. Bob machte ein verkniffenes Gesicht, weil ihm auffiel, dass auch er bis jetzt daran nicht gedacht hatte.

»Du bist so eine hohle Nuss, Sonja.« IQ ließ sich auf den Haufen Erde sinken, die sie aus der Grube geschaufelt hatten. »Echt jetzt? Hast du eigentlich noch was anderes im Kopf als deine bescheuerten Klamotten?«

»Dann war das ja mal für die Katz«, meinte Quaid mit Blick auf das ausgehobene Grab.

»Sorry«, wimmerte Sonja. »Das hatte ich irgendwie nicht auf dem Schirm. Tut mir leid, Onkel Kurtley.«

Onkel Kurtley. Die drei Ganoven da vorne waren also alle miteinander verwandt. Ein echtes Familienunternehmen.

»Wahrscheinlich ist Zimmerman der Opa«, flüsterte Peter.

Bob gluckste leise und auch Justus musste kurz schmunzeln. Dann aber legte er den Finger auf die Lippen. Ruhe!

»Okay. 21058.« IQ überlegte kurz. »Ergibt entspiegelt … 8 … 201 … 5. Dann suchen wir jetzt nach Grab 82015.«

Blanke Panik

Die drei Gauner packten ihr Werkzeug zusammen und Quaid pflückte seine Jacke von einem Ast. Dann schaltete IQ seine Taschenlampe ein und sie machten sich auf den Weg.

»Wisst ihr, wo wir hinmüssen?«, fragte Sonja kleinlaut.

»Hab den Plan aus dem Stadtarchiv«, knurrte IQ. Er war immer noch mächtig angefressen.

»Ich hab's doch nicht mit Absicht gemacht.« Sonja war kaum noch zu hören. »Ich war so aufgeregt, als ich das Foto gefunden habe, dass ich …« Den Rest verschluckte der Regen.

Die drei ??? und Linus richteten sich auf und streckten ihre Glieder. Die Taschenlampen waren nicht zu übersehen, sie würden die Ganoven nicht aus den Augen verlieren.

»Peter, guck, wo du Empfang hast, und verständige die Polizei. Bis die drei Schurken das andere Grab ausgehoben haben, sollte sie Zeit genug haben, um sie hier an Ort und Stelle dingfest machen zu können. Wir folgen ihnen. Vielleicht erfahren wir noch mehr.«

»Geht klar.« Der Zweite Detektiv zog sich die Basecap tiefer ins Gesicht und lief Richtung Ausgang. Justus, Bob und Linus sahen ihm noch hinterher, bis er in der Dunkelheit verschwand. Dann hefteten sie sich an die Fersen der Ganoven.

Nachts allein auf einem Friedhof. Peter ignorierte, so gut es ging, die Beklemmung, die ihm mit spitzen Fingern über den Rücken kroch und schaurige Bilder in sein Hirn pflanzte. Als er sich sicher war, dass ihn die Beleuchtung des Displays nicht mehr verraten konnte, versuchte er es. Und war erstaunt, dass er zwei Balken hatte. Offenbar war der Empfang hier oben Glückssache. Beziehungsweise abhängig von irgendwelchen atmosphärischen Unregelmäßigkeiten.

Doch als er den Notruf wählen wollte, ließ ihn ein Geräusch innehalten. Ein Ast hatte geknackt. Oder eher ein Ästchen. Trotzdem. Wieso knackte hier ein Ast? Der Zweite Detektiv sah sich um und lauschte. Nicht weit von ihm wölbte sich ein großer, annähernd halbkreisförmiger Schatten über dem Boden. Vermutlich ein Haufen Erde. Dahinter die undeutlichen Umrisse einiger struppiger Sträucher. Mehr konnte Peter nicht erkennen. Und seine Taschenlampe wollte er auf keinen Fall einschalten. Auch zu hören war nichts mehr außer dem unablässigen Wispern des Regens. Hatten ihm seine Sinne einen Streich gespielt? Peter ließ seinen Blick noch einmal durch die Finsternis wandern. Er dachte kurz daran, dass sich ja auch Zimmerman irgendwo hier oben herumtrieb. Oder die Toten, die zu dieser Stunde … nein. Unsinn. Er sah wieder auf sein Display.

Immer noch zwei Balken. Er tippte die drei Zahlen ein, hob das Handy ans Ohr und wartete. Nach zweimaligem Klingeln meldete sich eine weibliche Stimme.

»Sie haben die 911 gewählt. Was ist Ihr –«

Ein hässliches Piepen drang aus dem Hörer. Peter blickte auf das Display. Alle Balken waren verschwunden.

»So ein Mist.« Er wollte schon weitergehen, als plötzlich wieder drei Balken zu sehen waren. »Na, das kann ja heiter werden.«

Er hob die Hand, als ihn abermals ein Geräusch zusammenzucken ließ. Gleich hinter ihm. Der Zweite Detektiv wirbelte herum und spürte noch, wie ein eiskalter Schauer über seinen Nacken lief. Er sah den schwarzen Schatten auf sich zurasen und wollte sich instinktiv wegducken. Doch es war zu spät. Mit einem grellen Schmerz auf seiner Schläfe explodierten in seinem Kopf tausend Sterne. Dann sackte er in eine bodenlose Nacht.

Die Kirchturmglocke schlug zweimal. Halb eins. Wenig später blieben Quaid, IQ und Sonja stehen. Aber nicht, weil sie an dem Grab mit der Nummer 82015 angekommen waren. Sie machten Halt, weil sie dasselbe sahen wie Justus, Bob und Linus. Eine funzelige, rote Laterne, die in einiger Entfernung vor ihnen auf dem Boden stand. Und in der Grube direkt daneben eine Gestalt, die ein Grab aushob.

»Kann mir mal einer sagen, was hier los ist?«, zischte IQ. »Wer ist das? Und was macht der Typ in unserem Grab?«

»Ist das unser Grab?«, fragte Quaid.

IQ nickte. »Sieht so aus.« Er deutete auf das Grab vor sich. »Hier ist die B2010. Eins, zwei, drei, vier, fünf«, zählte er die nächsten Reihen ab. »Ja, das da vorne ist unser Grab. Was zum Teufel …?« Forsch marschierte er zwischen den Gräberreihen hindurch, Quaid und Sonja folgten.

»Zimmerman?«, flüsterte Bob.

Justus zuckte die Schultern. Leise schlichen sie hinter den anderen her. Als die stehen blieben, duckten sich die zwei Jungen und Linus hinter den niedrigen Erdwall eines der Gräber und legten sich flach auf den nassen Boden. Die Schwärze der Nacht würde hoffentlich für die restliche Deckung sorgen.

Die Gestalt in der Grube stand mit dem Rücken zu ihnen. Die Kapuze eines dunklen, regennassen Mantels verhinderte, dass man erkennen konnte, wer es war. Und offenbar auch, dass die Gestalt mitbekam, was hinter ihr geschah. Emsig schaufelte sie Erde aus dem Loch und warf es auf den Haufen hinter der Laterne. Jedes Mal, wenn der Unbekannte die Schaufel aus dem Grab hob, ächzte er leise.

IQ baute sich direkt am Rand der Grube auf. »Hey, du Scherzkeks!« Er leuchtete mit der Taschenlampe ins Grab. »Kannst du mir mal sagen, was das wird, wenn es fertig ist?«

Die Gestalt fuhr herum. Zimmerman. Es war tatsächlich Zimmerman. Überrascht und gleichzeitig zornig funkelte er den Mann unter seiner Kapuze hervor an. »Verflixt und zugenäht! Und ich dachte, ihr Lumpenpack würdet euch verziehen, wenn ihr in dem anderen Grab nichts findet.«

»Mr Zimmerman.« Quaid lachte spöttisch. »Na, sieh mal einer an. Was machen Sie denn hier? Da bin ich jetzt aber mal neugierig.« Auch IQ und Sonja grinsten gehässig.

»Na, was wohl? Um die Zeit grab ich jede Nacht irgendwo ein Loch. So was hält jung.« Zimmerman stellte seine Schaufel zur Seite und machte Anstalten, aus der Grube zu klettern.

»Schön drinbleiben und weitermachen.« IQ deutete ins Grab. Dann drückte er seinem Bruder die eigene Schaufel in die Hand. »Guck du noch mal die ausgehobene Erde durch. Nicht, dass da was übersehen wurde.«

Zimmerman blickte auf die beiden und grunzte verächtlich. »Glaubst du wirklich, ich erledige eure Drecksarbeit, Jungchen?«

Plötzlich zog IQ eine Pistole, mit der er genau auf Zimmermans Herz zielte. »Ich mein's ernst, Opa. Nimm die verdammte Schaufel in die Hand und grab weiter. Und dabei erzählst du uns, wie du hierherkommst.«

Zimmermans Blick glühte vor Zorn. Sein ganzes Gesicht war eine einzige wütende Fratze. Aber nach einigen Augenblicken griff er nach der Schaufel und stieß sie mit einem grimmigen Knurren ins Erdreich, dass der Schlamm spritzte. »Mit dem Auto, du Genie.« Er spie die Worte förmlich aus.

»Was?«, fragte Quaid von der Seite.

Zimmerman begann zu graben. »Ihr wollt wissen, wie ich hierhergekommen bin? Sicher nicht mit der Straßenbahn.«

IQ lachte. »Eins muss man dir lassen, Alter, du hast echt Mumm. Aber jetzt Klartext: Woher wusstest du von der Sache?«

Bob zuckte zusammen. Irgendetwas Feuchtes, Glitschiges

kroch an seiner Hand entlang und es kostete ihn alle Selbstbeherrschung, nicht aufzuspringen und sich zu schütteln. Aber er verzog nur das Gesicht und legte seine Hand ein Stück weiter links in den Matsch.

»Wanzen«, knurrte Zimmerman. »Und zwei Kameras.«

Sonja stellte sich an die Grube. »Du hast uns abgehört?«, fuhr sie Zimmerman an. »Und uns beobachtet? Du mieser Spanner. Wo sind die Kameras? Wo?«

»Verrat ich nicht.« Zimmerman gackerte vergnügt.

»Na warte, du alter –«

»Bleib hier«, hielt IQ seine Nichte zurück.

»Mistkerl«, zischte Linus. »Ich könnt ihn … ah!«

»Okay. Wanzen und Kameras.« IQ nickte anerkennend. »Aber woher wusstest du, dass Eli mit uns dieses Ding überhaupt gedreht und die Diamanten hatte?«

»Weil ich euch beide mehrfach gesehen habe, wie ihr Eli in der Wohnung besucht habt.« Zimmerman hob ächzend eine Schaufel voll Erde aus der Grube, von IQ genauestens beobachtet. »Dann läuft er vor einen Laster und aus der Zeitung glotzen mich eure hässlichen Visagen an, nachdem man euch wegen Juwelenraub geschnappt hat.« Wieder dieses Gackern. »Und daneben steht, dass immer noch Diamanten von dem Überfall fehlten. Da kann ein schlauer Mann doch mal ins Grübeln kommen, oder?«

»Und seitdem hast du den Kleinen und seine Mutter ausspioniert? Weil du dachtest, dass Eli ihnen vielleicht die Klunker vermacht hat und du sie dir unter den Nagel reißen kannst?«

»So isses. Man muss ja gucken, wo man bleibt, nicht wahr? Nur dass Mutter und Sohn leider rein gar nichts wussten. Wo die Steine sind, habt ihr mir erst heute Abend verraten. Ich habe euch am Pier belauscht. Grab auf dem Foto und so.«

»Du dreckiger …«

Quaid hatte ergebnislos die ganze Erde durchwühlt, hielt jetzt inne und blinzelte verwirrt. »Aber Sonja hat IQ am Telefon die falsche Nummer genannt.«

»Ich habe längst alle Fotos von damals in Kopie bei mir. Nach der Aktion am Pier habe ich sie mir alle noch einmal genauer angesehen und ein kleines bisschen weiter gedacht als Mrs Erbsenhirn.« Er deutete auf Sonja. »Da wusste ich, wo ich graben muss.«

»Ich hau ihm –!«

»Sonja, Klappe!«

Justus richtete sich vorsichtig ein wenig auf und sah über seine Schulter. Wo blieb nur Peter? Selbst wenn er zum Auto gelaufen war, hätte er doch schon längst wieder hier bei ihnen sein müssen.

»Dritter«, flüsterte er und deutete mit dem Daumen nach hinten. »Sieh mal nach, wo Peter bleibt. Ich habe irgendwie kein gutes Gefühl.«

Bob nickte. »Habe auch gerade daran gedacht.« Er erhob sich und schlich davon.

Kurz darauf ertönte wieder dieses dumpfe Pochen. Zimmerman war auf den Sarg gestoßen.

»Mist.« IQ winkte ihn aus der Grube. »Okay, Opa. Kannst

rauskommen. Ab hier übernehme ich.« Er zog Zimmerman aus dem Loch und sprang dann selbst in den Matsch.

»Wieder nachsehen, zur Sicherheit?«, fragte Quaid.

IQ nickte grimmig. Während sich alle, auch Zimmerman, um das Grab stellten, stemmte IQ erneut den Sargdeckel auf und lehnte ihn dann an den Rand der Grube. Justus und Linus hoben die Köpfe.

Bob lief zunächst auf dem direktesten Weg zum Ausgang. Da Justus vorhin keinen Empfang gehabt hatte, war es nur wahrscheinlich, dass Peter das Friedhofsgelände verlassen hatte. Doch auf dem Parkplatz war Peter nicht. Der dritte Detektiv überlegte. Zum Auto oder zurück auf den Friedhof? Vielleicht dorthin, wo Peter gestern fast abgestürzt war? Abhang, freie Sicht, keine Bäume. Womöglich hatten es die Funkwellen da leichter? Bob drehte um und lief Richtung Kapelle.

»Und?« Quaid streckte den Kopf vor.

IQ beugte sich nach unten. Etwas klapperte leise und Justus konnte sich denken, was. Knochen. IQ schob Knochen zur Seite.

»So ein verfluchter –« IQ kam wieder hoch. »Da ist nichts.«

»Aber das kann doch gar nicht sein«, meinte Zimmerman. »Das muss das Grab von Eli sein.«

IQ schüttelte den Kopf. »Das Skelett könnte seins sein. Aber auch hier kein Känguru, weder überm noch im Sarg.«

»Känguru?«, echote Zimmerman. »Was für ein Känguru?«

Sonja verschränkte die Arme. »War ich doch nicht so blöd.«

»Wieso sucht ihr nach einem Känguru?«, drängte Zimmerman. »Kann mir das mal eine von euch Nasen sagen?«

IQ ignorierte ihn und richtete seinen Blick auf das Grabkreuz, das achtlos neben dem Haufen Erde lag. Im gleichen Moment wusste Justus, was ihm durch den Kopf ging.

»Sonja, das Foto. War in der Brille das ganze Kreuz mit der Nummer zu sehen oder nur ein Ausschnitt?«

»Mist!«, entfuhr es Zimmerman. Auch ihm schien klar geworden zu sein, warum sie hier falsch waren.

»Äh«, stammelte Sonja. »Nur … nur so 'n Teil, glaub ich. Der Teil halt, auf dem die Nummer war.«

»Nicht der senkrechte Balken?«

»Nö, glaub nicht.«

IQ nickte. »Dann gibt es noch eine Möglichkeit. Es könnte sein, dass das Kreuz –«

Ein kurzer, spitzer Schrei hallte durch die Nacht. Alle am Grab wirbelten herum. Auch Justus sah erschrocken nach rechts. Es war Linus, der aufgeschrien hatte und wild seinen Arm schüttelte. Irgendetwas war ihm in den Ärmel gekrochen.

Bob näherte sich der Kapelle. Immer noch war von Peter nichts zu sehen. Vielleicht sollte er doch runter zu den –

Ein Geräusch! Eine Art Röcheln. Bob drehte sich einmal um die eigene Achse und blieb dann wie festgefroren stehen. Panik erfasste ihn, blanke Panik. Dort zwischen den Bäumen … dieser Schatten … dieser riesige Schatten …

Das Grauen aus einer anderen Welt

IQ und Quaid waren im Nu bei Justus und Linus. Auch Zimmerman war zu neugierig, um die Gelegenheit zur Flucht zu nutzen, und humpelte ächzend näher.

»Wer zum Geier seid ihr?« IQ richtete seine Taschenlampe auf Justus und Linus.

»Linus?« Sonja kam nach vorne. »Was willst du denn hier?«

»Genau die gleiche Frage will ich dir auch schon seit einer halben Stunde stellen.« Linus' Stimme zitterte vor Wut. »Du hast mich nur benutzt. Du hast dir mein Vertrauen erschlichen, um mich auszuhorchen. Und von dir waren bestimmt auch diese ganzen Bilder und Fotos von den Skeletten und die E-Mails. Du … du …«

»Pass auf, was du sagst«, warnte ihn Sonja. Ihr Lächeln troff vor Häme. »Hast du im Ernst geglaubt, ich wäre in dich verliebt? Echt jetzt? Sieh dich doch mal an.« Sie musterte ihn verächtlich.

Linus zuckte kurz nach vorne, besann sich dann aber eines Besseren.

»Und du bist doch dieser Dicke, oder?« Quaid leuchtete Justus ins Gesicht, sodass der die Augen schließen musste. »Ja, ja, genau. Der Dicke von dieser Dreierbande.«

»Ihr nehmt eure Detektivspielchen ja ziemlich ernst.« IQ lächelte herablassend. »Aber dafür sitzt ihr jetzt auch ziemlich in der Klemme. Wo sind deine Kumpels?«

»Zu Hause.« Justus gab sich völlig unbeeindruckt. »Sie dürfen nicht so lange aufbleiben wie ich. Eltern eben.« Er zuckte mit den Achseln.

»Der verscheißert uns doch, oder?« Quaid ließ den Strahl seiner Taschenlampe über den Friedhof wandern. »Und vorhin am Pier. Das war doch sicher auch eine von euch Saftnasen, oder?«

»Egal jetzt. Ihr zwei kommt mit. Los.« IQ winkte sie mit seiner Pistole voraus.

»Zu Grab 51028, richtig?«, sagte Justus während er an IQ vorbeiging. Er musste Zeit gewinnen. Jede Minute konnte wichtig sein, jede Sekunde. Daher galt es nun, die Ganoven in möglichst viele Gespräche zu verwickeln. Vielleicht waren Peter und Bob nur aufgehalten worden. »82015 auf den Kopf gestellt. Weil das Kreuz womöglich verkehrt herum neben dem frisch ausgehobenen Grab lag. Das ist Ihre letzte verbliebene Möglichkeit, Jumpy mit den Diamanten doch noch zu finden.«

»Aber hallo!« IQ schenkte Justus einen anerkennenden Blick.

»Ich bin angemessen beeindruckt. An dir scheint ja ein kleiner Sherlock Holmes verloren gegangen zu sein.«

»Gehe ich richtig in der Annahme, dass Sie auf diese Idee erst kamen, als –«

»Du gehst vor allem richtig in diese Richtung.« IQ zeigte ihm mit der Pistole den Weg. »Da geht's lang. Ihr zwei werdet jetzt für uns graben. In der Zwischenzeit kann sich unser verehrter Mr Zimmerman ein wenig ausruhen. Und wenn wir gefunden haben, wonach wir suchen, werden wir uns Gedanken machen, was wir mit euch anstellen.«

»Sie haben meine Wohnung verwanzt«, fauchte Linus Zimmerman an. »Ich habe gehört, was Sie gesagt haben. Das wird Ihnen noch leidtun.«

Zimmerman lächelte müde. »Jungchen, wie's aussieht, werden wir beide bald ganz andere Probleme haben.«

IQ lotste sie zu dem Grab mit der Nummer 51028. Justus hatte mit seiner Vermutung ins Schwarze getroffen. Und da sie nun zwei Spaten hatten – den der Bande und den von Zimmerman –, mussten Justus und Linus zusammen schaufeln.

»Das können Sie doch nicht tun«, protestierte Justus. »Linus das Grab seines eigenen Vaters ausheben lassen.«

»Können wir und machen wir«, schnauzte ihn Quaid an. »Los, fangt an.«

Der Erste Detektiv stellte einen Fuß auf das Schaufelblatt und trat es in die nasse Erde. Wenigstens regnete es nicht mehr. »Sie konnten erst davon ausgehen, dass die Diamanten noch irgendwo sein mussten, als Sie feststellten, dass ein paar Dinge nicht eintraten: Weder übergab Linus' Mutter die Steine der Polizei – das hätte dann vermutlich in der Zeitung gestanden. Noch pflegte sie plötzlich einen anderen Lebensstil. Offenbar wusste sie gar nichts von den Diamanten, was ja eben auch Mr Zimmerman bestätigt hat.«

Zimmerman lächelte dümmlich, IQ und Wade sagten nichts.

»Dann starb Mrs Wade und schließlich lag auch Ihre Entlassung aus der Haft nicht mehr in allzu weiter Ferne. Also schickten Sie Ihre Nichte Sonja los, die sich in Lorraine umbenannte. Sie sollte sich Linus' Vertrauen erschleichen, damit sie sein Zuhause durchsuchen konnte. Allerdings fand auch sie keine Diamanten.«

»Spar dir deine Kräfte fürs Schaufeln, Dicker«, rief ihm Sonja zu. »Und du, Linus, ein bisschen zackig, wenn ich bitten darf.«

»Du kannst mich mal«, schleuderte ihr Linus entgegen.

»Aber Sonja fand Fotos.« Justus nickte zu IQ. »Und als Sie das Foto mit Jumpy im Grab zu Gesicht bekamen, ahnten Sie, wo Sie die Steine zu suchen hatten. ›Jumpy hat Penzitis. Jumpy operieren.‹ Jetzt verstanden Sie die Bedeutung dessen, was Eli Roth kurz vor seinem Tod zu Linus gesagt hatte. Die Diamanten waren damals in dem Känguru zusammen mit Mr Roth beerdigt worden.

»Jetzt kapier ich das endlich mit dem Känguru.« Zimmerman nickte bedeutungsvoll.

IQ sah in die Grube. »Du bist wirklich clever, Kleiner. Aus dir hätte was werden können. Aber ich fürchte, deine Detektivkarriere wird leider zusammen mit dir sehr bald beerdigt werden. Und jetzt komm in die Gänge und laber nicht so viel.«

Justus stellte die Schaufel ab. »Können wir was zu trinken haben?« Er sah sich unauffällig um. Von Peter oder Bob war weiterhin nichts zu sehen. Was war nur geschehen?

»Da ist 'ne Pfütze.« Quaid deutete auf eine Wasserlache im Grab und grinste dreckig. »Trinkt daraus.«

»Schönen Dank auch.« Justus schaufelte weiter. IQ leuchtete wieder jeden Spaten voll Erde mit der Taschenlampe ab, ob irgendetwas darin steckte. »Aber Sie wussten nicht, wo Mr Roth begraben war, und Linus kannte das Grab ebenfalls nicht. Daher brachen Sie in die Kapelle ein, um in dem Register nachzusehen.«

Quaid schüttelte den Kopf. »Woher weiß der kleine Scheißer das alles?«, fragte er IQ. Und zu Justus: »Wer weiß noch davon? Habt ihr das jemandem erzählt?«

»Krieg dich ein, Quaid«, sagte IQ. »Wenn die gewusst hätten, dass wir hinter dem Einbruch stecken, hätten wir doch längst die Bullen an der Backe.«

Quaid knurrte leise. »Hoffen wir mal, dass du recht hast.«

Justus atmete jetzt schneller und schaufelte dafür noch langsamer. Die Gauner sollten denken, dass seine Kräfte nachließen. »Aber das Register …«, der Erste Detektiv rang hörbar nach Luft, »und auch das städtische Archiv reichten nicht weit genug in die … Vergangenheit zurück. Daher inszenierten Sie den … Spuk mit den Skeletten. Linus sollte in die damalige Zeit … quasi … zurückversetzt werden. Zum Día de los Muertos, dem

Tag … an dem sein Vater starb. Um sich so vielleicht auch … an das Begräbnis zu erinnern und an die … Zahl auf dem Kreuz.« Der Erste Detektiv zuckte unmerklich zusammen. Die Schaufel war an etwas hängen geblieben. An einem Stück Stoff. Justus schob unauffällig einen Klumpen Erde darüber und buddelte ein gutes Stück daneben weiter, wo noch mehr Erde lag.

»Die Hypnose!« Jetzt sprach Linus zum ersten Mal. »Die Skelette reichten nicht, also wollten Sie mir mithilfe der Hypnose die Zahlen entlocken! Natürlich. Aber … woher können Sie so was? Hypnotisieren. Das hat ja irgendwie … funktioniert. Auch wenn ich mich trotzdem nicht an die Zahlen erinnerte.«

»Hast du Schiss, dass ich dir an deinen grauen Zellen rumgemurkst habe?«

Über ihnen riss die Wolkendecke auf und ein fahler Mond beschien Linus' grimmiges Gesicht.

»Keine Angst, ich hab das ordentlich gelernt. Auch in meiner Branche sind solche Kenntnisse manchmal recht hilfreich. Man muss nicht immer gleich mit einer Knarre herumwedeln.« Wie zum Beweis senkte IQ seine Pistole einen Moment, um sie dann aber sofort wieder auf Justus und Linus zu richten. »Und jetzt ist endgültig Schluss mit dem ganzen Gerede. Grabt diesen verdammten –«

»IQ! Da.« Quaid zeigte in das Loch. Er hatte das Stück Stoff entdeckt.

IQ bedeutete Justus und Linus, dass sie aus der Grube kommen sollten, und drückte Quaid die Waffe in die Hand. Dann sprang er selbst ins Loch und zog das Fundstück heraus. Ein Stofffetzen in einem ausgeblichenen Rot. Justus erinnerte sich an das Foto mit dem Känguru. War das das Lätzchen?

Plötzlich ertönte hinter ihnen eine Stimme, eine Frauenstimme. »Ich danke euch vielmals, liebe Freunde. Danke sehr.«

Alle Köpfe fuhren herum.

Mrs Cox!

»Mach keinen Blödsinn, Quaid!« Die Frau rammte dem Ganoven ihre Pistole in den Rücken. »Lass die Waffe fallen und geh da rüber.« Sie nickte zum Grab. Quaid stieß einen wüsten Fluch aus, folgte aber ihren Anweisungen.

»Ruby!« IQs Stimme bebte vor Wut.

»Das ist … Ruby?« Sonjas Stimme überschlug sich. »Oh, du miese, diamantengierige Schnepfe! Du hast dich bei Linus als Putzfrau eingeschleust. Ihn ausgehorcht, in seinen Sachen rumgeschnüffelt …«

»Tja.« Ruby alias Mrs Cox zuckte die Schultern. »Jede tut, was sie kann, wie man sieht. Und jetzt hol das Vieh da raus, IQ. Die Steinchen gehören mir.«

»Blödsinn. Nur weil Eli mit dir durchbrennen wollte, sind das noch lange nicht deine Klunker. Die gehören uns allen.«

»Ansichtssache.« Ruby nickte zu ihrer Waffe. »Aber meine Argumente sind im Moment deutlich überzeugender, findest du nicht? Also her mit dem Plüschtier.«

IQ fluchte unflätig. »Woher wusstest du es? Hattest du Linus auch verwanzt?«

»Verwanzt? Wer hat Linus verwanzt?«

»Der Alte hier.« Quaid nickte zu Zimmerman, und jetzt erinnerte sich Justus auch an dessen rätselhafte Aussage. Dass die alte Cox wieder mal herumschnüffeln würde. Natürlich hatte er auch die vermeintliche Putzfrau dabei beobachtet, wie sie Linus' Wohnung durchsucht hatte.

»Ich bin euch einfach gefolgt. Ihr habt euch nicht gerade unauffällig verhalten, seit ihr vor zwei Wochen aus dem Knast gekommen seid. Und hier draußen musste ich nur warten, bis ihr endlich das richtige Loch ausgehoben hattet. Noch einmal vielen Dank dafür.« Ruby lachte spöttisch.

»Du … hässliche Krähe, du!«, fuhr Sonja sie an.

Ruby zwinkerte ihr zu. »Da fällt dir doch was Besseres ein, Schätzchen, oder?«

IQ bückte sich jetzt und begann, mit den Händen in der Erde zu wühlen. Häufchen für Häufchen ließ er sie durch seine Finger rieseln und warf die Brocken dann aus der Grube. Immer hektischer buddelte er, bis er schließlich auf Holz stieß. IQ kam wieder hoch. Deutlich verwirrt. »Da … ist nichts.« Er hielt den roten Stofffetzen hoch. »Nur das hier. War wohl mal ein Lätzchen oder so. Aber kein Jumpy.«

»Du verarschst mich doch.« Ruby reckte den Hals.

»Sieh selbst nach.«

»Steht *Idiot* auf meiner Stirn? Los, gib mir das Vieh oder ich werde ungemütlich.«

»Aber da ist nichts, zum Henker!«, brauste IQ auf. »Ich kann's ja selber kaum glau–«

Ein Geräusch ließ alle verstummen. Ein Vogel pfiff. Laut und deutlich. Mitten in der Nacht. Und kurz darauf erklang ein zweites Geräusch. Ein tiefes, lang gezogenes Wehklagen, nicht menschlich und auch nicht von einem Tier.

»Was … war das?« Sonja sah sich erschrocken um.

Zwei Strahlen blitzten auf. Wie Lichtschwerter schnitten sie ein Stück hinter dem Grab durch die Dunkelheit und trafen sich an einem Punkt. Sonja schrie auf, IQ und Quaid zuckten zusammen, Linus stolperte nach hinten und auch Ruby entfuhr ein entsetztes Stöhnen. Wie durch ein Fenster aus einer anderen Welt starrte sie eine grauenvolle Fratze an. Dann löste sich aus dem Dunkel eine riesenhafte Gestalt, torkelte auf die Gruppe zu und stieß dabei weiter diesen entsetzlichen Laut aus. Als würden ihr alle Eingeweide zusammengedrückt. Frankensteins Monster! Riesengroß, das Gesicht mit Narben übersät, mit Händen wie Schaufeln, die sich durch die Luft in Richtung der Ganoven gruben.

Der Einzige, der völlig unbeeindruckt blieb, war Justus. Im Nu war er bei Ruby, die immer noch wie gelähmt auf das Monster starrte, riss ihr die Waffe aus der Hand, trat ein paar Schritte zurück und zielte auf alle gleichzeitig.

»Was zum Teufel …?« IQ hatte sich als Erster wieder gefangen und stürzte auf den Ersten Detektiv zu. Im nächsten Moment bückte sich Quaid nach seiner Waffe.

»Stehen bleiben! Sofort! Keine Bewegung!« Vier Polizisten sprangen mit gezogenen Pistolen hinter dem Monster aus der Dunkelheit.

IQ erstarrte mitten in der Bewegung, eine Hand mit dem

roten Lätzchen weit nach vorne gestreckt. Als hielte er ein Messer.

Das Monster trat näher, nahm IQ ganz behutsam den Stofffetzen aus der Hand und besah ihn sich äußerst interessiert von beiden Seiten. »Ich wusste doch, dass ich damals was übersehen hatte.«

Zauberhaftes Eis

»Will einer?« Rick Turner hielt das letzte Bonbon hoch, das die Gauner damals in seiner Kapelle verloren hatten. Die anderen hatte er sich im Laufe der Zeit nach und nach schmecken lassen. Aber sowohl die drei ??? als auch Linus verneinten. Also wickelte Rick es aus dem Papier und steckte es sich in den Mund. »Ich finde die echt lecker.«

Nach den turbulenten Ereignissen hatte der Friedhofswärter die drei Jungen und Linus ein paar Tage später in die kleine Kapelle eingeladen. Zum einen, weil er darauf brannte, alle Details dieses Falls zu erfahren, zum anderen, weil er … nein, das hatte er ihnen nicht verraten. Er hatte ihnen nur gesagt, dass er ihnen auch noch etwas mitzuteilen hätte.

Die drei ??? holten Linus ab und fuhren mit ihm zusammen nach Prayer's Hill, wo Rick in seiner Kapelle schon ungeduldig auf sie wartete. Die Kapelle sah inzwischen wieder recht gemütlich aus, obwohl die Jungen an der einen oder anderen Einzelheit noch Spuren des zurückliegenden Einbruchs erkennen konnten. Ein schiefes Regalbrett, eine Tasse mit Sprung, ein neuer Stuhl, der nicht wirklich zu den anderen passte.

Bei Tee und Schokokeksen schilderten die Jungen dann alle wichtigen Zusammenhänge und Ereignisse, und Rick lauschte mit offenem Mund und staunenden Blicken ihren Ausführungen. Ab und zu murmelte er »Wahnsinn« oder »Der Hammer«, ansonsten aber hörte er schweigend zu.

Dank der Infos, die den Gesprächen der Gauner an den verschiedenen Gräbern zu entnehmen gewesen waren, sowie der Kombinationsgabe des Ersten Detektivs waren mittlerweile so gut wie alle Fragen geklärt. Der Überfall vor 15 Jahren, die Geschehnisse vor dem Kindergarten in El Pueblo, IQs Plan, die Rollen von Zimmerman, Sonja und Ruby, die allmähliche Lüftung des Geheimnisses um Jumpy. Die drei ??? konnten sich nun sogar zusammenreimen, wieso Zimmerman mit diesem Buch an der Tür aufgetaucht war. Seine Wanzen hatten ihm verraten, dass Linus von Skeletten heimgesucht wurde, und die Bedeutung des Día de los Muertos war dem Alten ja die ganze Zeit bewusst gewesen. Es war also Bewegung in die alte Geschichte gekommen und Zimmerman hatte auf dem Laufenden sein wollen.

»Schmecken gut.« Bob biss genüsslich in seinen Keks.

Rick grinste. »Selbst gekauft.« Er nickte Bob zu. »Sorry noch mal wegen dem Schreck neulich Nacht.«

»Kein Problem.« Der dritte Detektiv winkte ab. »Hat ja auch bei den anderen super funktioniert.«

»Und Ruby hat dich echt in einem ausgehobenen Loch liegen

lassen, nachdem sie dich ausgeknockt hatte?«, wandte sich Linus an Peter.

Der Zweite Detektiv nickte. »Ich lag da unten im Matsch, bis Rick mich zufällig gefunden hat.«

»Weil du so gestöhnt hast«, sagte der Friedhofswärter. »Ich hab mich erst furchtbar erschrocken, weil ich dachte, dass gleich ein Toter aus seinem Grab steigt. Aber dann sah ich dich da unten im Dreck liegen.« Er zwinkerte lustig. »Wobei du auch ziemlich gruselig ausgesehen hast mit deiner Matschmaske.«

»Zum Glück hattest du Justus' Nachricht abgehört und gleich die Polizei mitgebracht«, sagte Bob. »Sonst wäre die Sache am Ende nicht so glimpflich über die Bühne gegangen.« Er griff nach seiner Tasse. »Und Peter, deine Idee, Rick als Monster auftreten zu lassen, um die Gauner abzulenken, war echt klasse. Super Einfall!«

»Genauso wie deine Idee mit dem Rotbauchfliegenschnäpper«, gab Peter das Kompliment zurück. »So wusste Just, dass wir in der Nähe sind und gleich was passiert.«

»Rotbauchwer?«, fragten Linus und Rick fast im Chor.

»Rotbauchfliegenschnäpper. Unser Erkennungssignal.« Peter ahmte noch einmal den Ruf des seltenen Vogels nach.

Rick schürzte anerkennend die Lippen. »Ihr habt's echt drauf, das muss man schon sagen.«

Justus lehnte sich nach hinten und machte ein unzufriedenes Gesicht. »Aber wo Jumpy ist, wissen wir immer noch nicht. Nach Rubys Aussage steht fest, dass Eli die Diamanten vor seiner geplanten Flucht vorsorglich in dem Känguru verborgen und dir, Linus, diese Nachricht eingeprägt hat, die vermutlich für deine Mutter bestimmt war. Sie sollte die Diamanten finden, wenn ihm was passiert.« Er sah Linus an. »Aber du hast deiner Mutter damals entweder diese letzte Botschaft deines Vaters nicht mitgeteilt oder sie hat sie nicht verstanden oder nicht ernst genommen.«

»Vielleicht war sie auch wegen dieser Ruby-Sache so sauer, dass sie nichts mehr von ihrem Mann hören wollte«, sagte Bob. »Sie hat ja offenbar mitgekriegt, dass dein Vater mit einer anderen abhauen wollte, und deshalb auch ihren Mädchennamen wieder angenommen.«

Linus blickte nachdenklich auf den Tisch. »Jumpy Penzitis, Jumpy operieren.« Er schüttelte den Kopf. »Ich kann mich wirklich nicht mehr erinnern, ob ich es ihr gesagt habe.«

»Kein Wunder.« Peter nahm sich noch einen Keks. »Mich dürftest du nicht mal fragen, was es gestern zum Mittagessen gab, geschweige denn, was ich vor x Jahren gesagt habe oder auch nicht.« Er grinste.

»Und im Sarg war Jumpy auch nicht. Da hat die Polizei ja noch nachgesehen.« Plötzlich fiel Justus etwas ein. Stirnrunzelnd schaute er Rick an. »Moment mal. Als IQ dir aus dem Grab das Lätzchen des Kängurus entgegengestreckt hat, hast du gesagt: ›Ich wusste doch, dass ich damals was übersehen habe.‹ Das heißt doch …«

»Dass du Jumpy aus dem Grab geholt hast!« Peter riss vor Aufregung die Augen auf. »Jumpy war gar nicht in dem Grab. Oder nur kurz. Du hast ihn da rausgeholt!«

Rick lächelte undurchsichtig. »Die Friedhofsordnung kennt da kein Erbarmen. Ins Grab dürfen nur der Sarg, die Leiche, Blumen und Erde. Keine Plüschkängurus.«

»Aber dann«, Bob verschluckte sich, »dann weißt du ja vielleicht, wo Jumpy ist …?«

Rick zuckte die Schultern und richtete seinen Blick auf Linus. »Ich habe ihn euch damals sogar zurückgegeben. Gestern beim Aufräumen hier drin fiel mir alles wieder ein. Ich habe das Känguru aus dem Grab geholt, nachdem ihr weg wart, und es dann ein paar Tage später deiner Mutter gebracht. Aber sie wollte es nicht. Ich sollte es wieder mitnehmen. Sie hat irgendwas gesagt von wegen, dass es besser ist, wenn du so wenig wie möglich an deinen Vater erinnert wirst.«

Linus senkte den Kopf. »Und Jumpy war ein Geschenk von ihm«, sagte er leise.

»O…kay.« Peter blinzelte verwirrt. »Und was … hast du dann mit Jumpy gemacht, Rick?«

»Er sollte auf einem städtischen Flohmarkt verkauft werden. Zusammen mit anderen Dingen, die die Leute auf irgendwelchen Ämtern, Parks oder eben Friedhöfen vergessen und nie mehr abholen.«

»Oh nein!« Bob schlug die Hände vors Gesicht.

Aber Rick grinste in die Runde.

Peter sah ihn verwirrt an. »Was ist?«

»Er sagte *sollte.*« Justus sah den Mann forschend an. »Jumpy *sollte* verkauft werden.«

»Gut aufgepasst.« Rick grinste immer noch. Und drehte den

Kopf zu einem der Wandregale. »Linus, holst du bitte mal den Karton da oben herunter?«

Linus glotzte wie versteinert. »Ich soll … warum?«

»Das ist jetzt nicht … wahr«, hauchte Peter.

»Den Karton da.« Rick deutete auf eine alte Pappkiste.

Linus stand auf und schlich wie ein Schlafwandler zum Regal. Dann holte er, ganz langsam, die Schachtel herunter und trug sie zum Tisch.

»Aufmachen.« Rick zuckte fröhlich mit den Augenbrauen, während die drei Detektive fiebernd vor Ungeduld den Karton anstarrten.

Mit zittrigen Fingern öffnete Linus den Deckel, blickte hinein und … erstarrte, als wäre er eine Wachsfigur.

»Was ist da drin?«, drängte Bob und reckte den Hals.

»Ich …« Linus schluckte, eine Träne rann über seine Wange. »Jumpy«, hauchte er und holte ein schmutziges Plüschkänguru aus dem Karton. Es sah etwas verstrubbelt aus, schien aber sonst völlig unversehrt. Zwei Ohren, zwei Beine, zwei Arme. »Jumpy.« Linus drehte das Känguru andächtig hin und her, als wäre es das Wertvollste, das er je in Händen gehalten hatte.

»Ich glaub's nicht«, flüsterte Peter.

»Da ist …«, Justus deutete zurückhaltend auf den unteren Bauch des Stofftiers, »… eine kleine Naht. Da unten.«

»Ich seh's«, sagte Peter, als wäre er gemeint. Wie paralysiert starrte er das Plüschtier an.

Linus' Finger wanderten zu der Naht. Ohne große Schwierigkeiten konnte er die Fäden ein Stück auseinanderdrücken.

»Jumpy Penzitis, Jumpy operieren«, flüsterte er kaum hörbar. Dann griff er in die Lücke und zog im nächsten Augenblick einen kleinen ledernen Beutel aus Jumpys Bauch.

Schweigen. Alle saßen stumm um den Tisch herum und schauten auf den Beutel.

Erst nach einer gefühlten Ewigkeit fand Bob Worte. »Willst du mal … reinschauen?«

Linus nickte wie in Trance. Dann öffnete er die Verschnürung am oberen Ende des Beutels und kippte den Inhalt auf den Tisch. Bob hielt den Atem an, Peter zuckte leicht zusammen, Rick schüttelte fassungslos den Kopf, Justus schwieg. Ungefähr zwanzig kleinere und größere Diamanten kullerten auf den Tisch. Selbst in der schummrigen Kapelle funkelten und strahlten sie wie zwanzig helle Sonnen auf dem Meer.

»Sie waren immer hier, die Diamanten«, sagte Justus tonlos. »Die ganze Zeit.«

Linus nahm Jumpy und drückte behutsam seine ›Bauchwunde‹ zusammen. »Ich bringe sie gleich nachher zur Polizei. Die wissen, was damit anzufangen ist.«

»Das gibt aber sicher einen fetten Finderlohn«, meinte der Zweite Detektiv.

Linus lächelte Jumpy zärtlich an. »Den habe ich schon. Den habe ich schon.«

Eine halbe Stunde später brachen die drei ??? und Linus auf. Sie bedankten sich noch einmal bei Rick Turner für alles, was er für sie und Linus getan hatte, und versprachen, bald mal wieder bei ihm vorbeizusehen. Dann machten sie sich auf den Weg zum Parkplatz.

»Okay. Zur Polizei und dann ins *El Coyote*.« Peter sah fröhlich von einem zum anderen. »Das muss unbedingt gefeiert werden. Wer hat Lust?«

»Bin dabei«, sagte Bob.

»Mexikanisches Essen ist immer eine gute Idee«, meinte Justus gut gelaunt.

Aber Linus schüttelte den Kopf. »Tut mir leid. Ein andermal gerne, aber heute geht es leider nicht. Ich … ich treffe mich gleich mit jemandem.«

»Hey!«, freute sich Peter. »Das hört sich gut an. Gratuliere. Und wer ist die Glückliche?«

Linus druckste ein wenig herum. »Na ja, ihr kennt sie sogar. Es ist Valery. Valery Flockhart. Ich treffe sie nachher in der Eisdiele.«

Justus wäre fast gestolpert. Ein merkwürdiges Zucken lief über sein Gesicht. Wie in Schockstarre standen ihm für einen Moment Mund und Augen offen. Dann schluckte er, versuchte ein Lächeln, brachte aber nur eine dümmliche Grimasse zustande. Jetzt erst atmete er wieder.

»Alles in Ordnung, Justus?«, fragte Linus.

»Ja. Jaja. Alles gut.« Der Erste Detektiv war immer noch ganz weit weg.

Peter legte seinem Freund die Hand auf die Schulter, Bob schenkte ihm einen mitfühlenden Blick. Die beiden wussten genau, was los war. Hatten es die ganze Zeit gewusst.

»Habe ich was Falsches gesagt?« Linus sah von einem zum anderen.

»Nein, nein.« Peter lächelte Justus teilnahmsvoll zu. »Das wird schon wieder. Manchmal erinnert sich Justus bei dem Wort ›Eisdiele‹ daran, dass es da mal ein ganz tolles, zauberhaftes Eis gab, das er am allerliebsten mochte und das es jetzt nicht mehr gibt. Aber ich bin mir sicher, Just, dass du irgendwann einmal ein noch viel besseres Eis entdecken wirst. Ganz bestimmt.«

Erlebe spannende Abenteuer!

- ☐ und das Gespensterschloss
- ☐ und die flüsternde Mumie
- ☐ und der Fluch des Rubins
- ☐ und der gestohlene Sieg
- ☐ und die Zeitreisende
- ☐ Im Auge des Sturms
- ☐ Legende der Gaukler
- ☐ Höhenangst
- ☐ und das weiße Grab
- ☐ Tauchgang ins Ungewisse
- ☐ und der dunkle Wächter
- ☐ und das rätselhafte Erbe
- ☐ und der Mottenmann
- ☐ und die falschen Detektive
- ☐ Kelch des Schicksals
- ☐ Kreaturen der Nacht
- ☐ und die schweigende Grotte
- ☐ und der weiße Leopard
- ☐ und der Jadekönig
- ☐ Der Fluch der Medusa
- ☐ und die verlorene Zeit
- ☐ und der Geisterbunker
- ☐ Die Schwingen des Unheils
- ☐ Im Netz der Lügen
- ☐ und der Kristallschädel
- ☐ Im Wald der Gefahren
- ☐ Manuskript des Satans
- ☐ und die Teufelsklippe
- ☐ und die Gesetzlosen
- ☐ und der Knochenmann
- ☐ Die Yacht des Verrats
- ☐ Melodie der Rache
- ☐ und der Puppenmacher
- ☐ Die Spur der Toten
- ☐ Der Ruf der Krähen
- ☐ Drehbuch der Täuschung
- ☐ Der Tag der Toten

kosmos.de/die_drei_fragezeichen

ab €/D 8,99

Preisänderung vorbehalten